Langeweile gab es nie

Langeweile gab es nie

von

Ruth Tauber

Inhaltsverzeichnis

Anfang der 90iger Jahre, kurz nach Deutschlands Wiedervereinigung, lernte ich Uri Tauber kennen. Wir haben dann fast 10 Jahre miteinander verbracht und es hat sich daraus eine tiefe Freundschaft entwickelt. Innerhalb dieser Zeit habe ich ebenfalls seine Mutter und seinen Bruder kennengelernt und erhielt auf diesem Wege ein Manuskript von Frau Tauber.

Dieses Manuskript hat mich tief beeindruckt und an viele Gespräche erinnert, die ich mit Uri Tauber und auch mit seinem Freund Benzi Malka geführt habe. Es geht eine stille und ruhige Faszination von diesem Manuskript aus: Die Erzählung über eine Familie, die in der dunkelsten Zeit deutscher Geschichte von den schrecklichen Geschehnissen betroffen war. Eine deutsche Familie jüdischen Glaubens, die ihr Land verlassen und sich ein neues Leben in Israel aufbauen mußte.

Wir kennen aus diesen dunklen Ereignissen unserer Geschicht die vielen Grausamkeiten, die deutsche Bürger an ihren Landsleuten verursacht haben. Was weniger bekannt ist, ist die „normale" Grausamkeit der Immigration, das Verlassen des eigenen Landes, der eigenen Kultur, der Freunde und ihrer Vergangenheit.

Unter dem Eindruck gefahrvoller Reisen in ein unbekanntes Land ohne Freunde, Sprachkenntnisse und in einer anfänglich fremden Kultur wurde diese Geschichte geschrieben.

Ich möchte keinesfalls, daß diese niedergeschriebene Erinnerung verloren geht. Deshalb habe ich mich entschlossen, auch als Teil meiner Verantwortung zur Geschichte unseres Landes, daraus ein festgebundenes Buch herstellen zu lassen. Ich habe die große Hoffnung, daß in keinem Land der Welt diese Dinge wieder geschehen und alle Bürger wachsam sind gegen jegliche Anfänge von fehlender Toleranz im Zusammenleben mit andersdenkenden oder andersgläubigen Mitbürgern.

Die Verantwortung für diesen Teil unserer Geschichte muß man annehmen und selbst in kleinstem Kreis für Toleranz, Zivilcourage und mit Offenheit eintreten. Ich wünsche mir, daß dieses Buch nie verloren geht und viele junge Leute dieses Werk lesen, um daraus die Kraft für Verantwortung unserer Geschichte zu schöpfen.

Axel Guttmann
Berlin

Auf Wunsch meiner Kinder werde ich meine Erinnerungen und die meiner Generation aufzeichnen. Ich tue das für meine Kinder und Enkelkinder. Da ich nicht genug Iwrit (neuhebräisch) kann, schreibe ich dieses Buch in deutsch. Als wir ins Land kamen, gab es keine Sprachschulen. Wir mussten sofort arbeiten und hatten keine Möglichkeit Iwrit zu lernen. In unserem Dorf waren ausserdem alle aus Deutschland und nur einige konnten die Landessprache. Jemand hat einmal gesagt: „Es ist leichter sich zu schämen, als Iwrit zu lernen." Später habe ich es vom Hören gelernt, aber nie perfekt. „Aus der Muttersprache kann man nicht auswandern", sagte eine kluge Frau. Das kann ich nur bestätigen. Nach wie vor ist mein Iwrit nicht fehlerfrei und die einzige Sprache, die ich gut beherrsche, ist meine Muttersprache.

Irrtum

Nach 58 Jahren Israel stellte ich eines Abends fest, dass ich in einem Irrglauben gelebt habe. Einmal nahm ich aus meiner Bibliothek ein Buch heraus, dass ich viele Jahre nicht in der Hand hatte. Zu meiner standesamtlichen Hochzeit, ich war damals 18 $\frac{1}{2}$ Jahre, bekam ich es von meinem Mann Felix. („Die hundert schönsten Geschichten der Welt." Gesammelt und herausgegeben von Emanuel Ben Gurion.) Ich wusste nur, dass Felix mir eine Widmung hineingeschrieben hatte. Die ganzen Jahre lebte ich in dem Glauben, dass darin stand: „Die Erinnerung ist das einzige Paradies aus dem man nicht vertrieben werden kann." (Jean Paul) Da ich in diesen 58 Jahren wenig Zeit hatte in diesem Buch zu lesen, stellte ich erst nach so vielen Jahren fest, dass die Widmung völlig anders lautete: „Wenn man nur will, kann auch die Wirklichkeit so schön sein, wie ein Märchen." Die Zeit hat es anders gebracht. Es war kein Märchen.

Wie alles anfing

Im August 1919 wurde ich als zweite Tochter in Lugnian, einem grossen Dorf in der Nähe von Oppeln, als Ruth Schönfeld geboren. Es war an

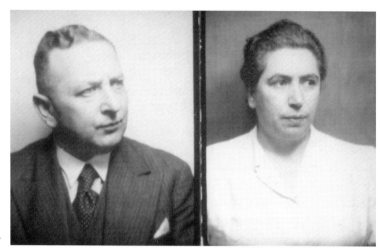

einem Sonntag früh um 8.00 Uhr. Eine Musikkapelle zog am Haus vorbei. Leider wurde dadurch meine Musikalität nicht sonderlich beeinflusst. Meine Familie lebte schon hundert Jahre in diesem Dorf. Meine Eltern waren keine frommen eher liberale, aber bewusste Juden. Sie hatten ein Geschäft, dass schon meinem Grossvater gehörte. Heute würde man dazu „Shopping-Center" sagen. Da gab es Lebensmittel, Drogenartikel, Kleidung

Alfred Schönfeld

Alfred Schönfeld

und Haushaltsgegenstände. Futtermittel, Baumaterialien und Düngemittel wurden schon am Bahnhof waggonweise verkauft. Das alles weiss ich nur vom Erzählen. Etwas Landwirtschaft und die Postagentur gehörten auch noch dazu. Meine Eltern heirateten 1917. Mein Vater war vom Militärdienst aus gesundheitlichen Gründen wegen einer Verletzung am Bein befreit. Deswegen wurde er immer bei jeder Gestellung abgewiesen. Als guter deutscher Patriot war ihm das sehr unangenehm. Dem Geschäft hingegen kam es zu Gute, denn es gab wegen des I.Weltkrieges wenig männliche Arbeitskräfte. Meine Mutter litt darunter, dass sie das „Wasserpolnisch", dass dort Umgangssprache war, nie erlernte. Sie sprach nur ein gepflegtes Hochdeutsch. Sie kam aus Niederschlesien. In diesem Teil Oberschlesiens sprach die Landbevölkerung eine Sprache, die aus Deutsch und Polnisch gemischt war.

Abstimmung

1921, als ich 2 Jahre alt war, gab es die Abstimmung. Nach deren Ergebnis ein Teil Deutschlands sowie die Provinz Posen und ein Teil Oberschlesiens an Polen fiel. Lugnian blieb zwar deutsch, was den Polen nicht gefiel. Mein Vater arbeitete während der Abstimmung im paritätischen Ausschuss für Deutschland. Dafür bekam er dann auch einen Orden. (Was in der Nazi-Zeit niemanden interessierte.) Später stellten wir fest, dass mein zukünftiger Schwiegervater Moritz Tauber im dreissig Kilometer entfernten Kreuzburg das gleiche für die Deutschen tat. Wegen dieser Tätigkeit wurde mein Vater von den polnischen Insorgenten (Aufständischen) mit dem Leben bedroht. Deswegen entschlossen sich meine Eltern Lugnian zu verlassen. Sie übergaben den ganzen Besitz auf Treu und Glauben einem Angestellten, der ein Bauernsohn aus Lugnian war und bei uns im Geschäft arbeitete. Im Laufe der Jahre konnte er den grossen Besitz abzahlen.

Umzug und frühe Kindheit

Wir zogen nach Breslau. Meine Eltern kauften dort ein Engrosgeschäft mit Fabrikation für Kleider Blusen und Röcke. In Breslau gingen meine

Ruth und Hanne

Schwester und ich zunächst in den Kindergarten. Als wir aber ständig von Kinderkrankheiten geplagt wurden, bekamen wir ein Kinderfräulein. So kam Fräulein Erna, die eine geprüfte Montissouri-Kindergärtnerin war, ins Haus. Sie war nicht ganz nach meinem Geschmack, da ich schon immer eine kleine Rebellin war. Meine Schwester Hanne war ein viel braveres Kind. Das Einzige, was mir gefiel: wir machten sehr schöne Basteleien aus Papier. Ich kann mich auch erinnern, dass ich oft in der Ecke stehen musste, was mir gar nicht behagte. Danach kam Fräulein Mathilde Liebermann ins Haus. Sie war jung, hübsch, nett und Zionistin, womit ich damals noch nichts anfangen konnte. Als mein Cousin Wolfi aus Wien in den Ferien zu uns kam, sagte er, er kauft ein grosses Schiff und nimmt uns alle nach Palästina mit. Bei meinen Verwandten wurde schon Iwrit als zweite Sprache zu Hause gesprochen. Mein Onkel war vor dem Ersten Weltkrieg in Palästina Lehrer. Fräulein Marthilde L. war sofort bereit. Nur ich fragte, was sollen wir dort? Ich hatte natürlich mit fünf Jahren keine Ahnung, was Palästina bedeutete.

Erste Konfrontation mit Antisemitismus

Wir hatten ein sehr schönes Elternhaus. Meine Eltern waren aber durch das Geschäft immer sehr stark engagiert. Meine Mutter hat auch immer mitgearbeitet. Aber am Wochenende hatten die Eltern für uns Zeit. Oft haben wir schöne Ausflüge gemacht.

Bevor ich in die Schule kam, hat mir mein Vater folgendes gesagt: „Du sollst wissen, wir sind Juden." Das wussten wir auch, denn wir hattten doch kein Weihnachtsfest, dafür wurde bei uns das Chanukkafest gefeiert. „Wenn Dich jemand anpöbelt und Dich jemand als Jude beschimpft, dann hast Du zu sagen: Ich bin stolz darauf. Und wenn er noch weiter pöbelt, dann knallst Du ihm eine rechts und links." So gewappnet bin ich in die Schule gegangen. Die ersten vier Vorschuljahre besuchten wir ein Privatlyzeum. Komischerweise pöbelte mich ein Pastorensohn an. Das ist eine Sache, an die ich mich erinnern kann. Es kann auch sein, dass ich da zum ersten Mal meinen Glauben mit den Fäusten verteidigt habe. Daran kann ich mich aber nicht mehr genau erinnern.

Einschneidendes Erlebnis

Ein ganz anderes Erlebnis aus der Vorschulzeit war, dass ich einmal erst gegen halb elf Schule hatte. Da ich auf meinem Schulweg immer mit sehr interessanten Dingen beschäftigt war, war ich etwas in Eile und musste das letzte Stück meines Schulweges, für den ich im Gesamten ungefähr 20 Minuten brauchte, rennen. Dabei bin ich auf das Pflaster gefallen und habe mir einen Vorderzahn zu dreiviertel ausgeschlagen. Ich war furchtbar aufgeregt, denn er war gerade ganz neu. Ich kam also weinend auf den Schulhof. Die aufsichtführende Lehrerin versuchte mich zu beruhigen, sie glaubte, es wäre noch der Milchzahn. Aber ich sagte ihr, es ist doch schon ein neuer. Die Direktorin wurde verständigt, sie läutete meine Mutter an. Meine Mutter kam ganz aufgeregt in die Schule. Sie hatte wohl das Gefühl, dass ich nun ein Ladenhüter sei und man mich nun mit einem falschen Vorderzahn nie mehr loswerden würde. Denn damals waren die Stiftzähne wirklich nicht sehr schön. Der Zahnarzt war ein Freund unserer Eltern. Als wir dann zu ihm kamen und ich auf dem Stuhl sass, sagte ich ganz munter: „Ich bin ja Gott sei Dank noch zurecht gekommen." Die Behandlung zog sich Wochen um Wochen hin und dann bekam ich einen Stiftzahn aus Porzellan. Er war nicht schön, hat mir nie in meinem Leben geschadet. Sehr viel später, als ich schon verheiratet war, bekam ich einen besseren.

Umzug in eine schöne Gegend

Als wir 1921 von Lugnian nach Breslau zogen, war dort grosse Wohnungsnot. So wurde in der gleichen Etage, in der unser Geschäft war, ein Teil für die Wohnung abgezweigt. Meine Eltern waren immer sehr daran interessiert, eine anständige Wohnung zu finden. Im Süden Breslaus, ganz weit draussen, fanden sie später eine. Das war noch eine Viertelstunde von der Endstation einer Strassenbahnlinie entfernt. Man musste dann noch durch eine Wohnsiedlung laufen, um zu den Neubauten zu gelangen. Für uns Kinder war es ein Eldorado. Geradeüber von den Häusern war freies Feld. Dort habe ich die schönsten Jahre meiner Kindheit verbracht. Es war nur

Ruth

etwas schwierig mit der Schule. Früh schaffte ich die viertel Stunde zur Strassenbahn. Wenn ich im Winter mal artig war, fuhr mich unser Mädchen mit dem Schlitten zur Strassenbahn. Leider kam es nur selten vor. Für den Rückweg brauchte ich schon manchmal zwei Stunden, denn ich hatte immer eigene wichtige Geschäfte unterwegs, wie z. B. Fliegenfangen für meine Freundin, die über uns wohnte und einen Frosch zu versorgen hatte. Wenn ich dann um zu klingeln, die Hand freimachen musste, flogen die Fliegen leider wieder auf und davon. Mein Interesse galt nur sehr bedingt der Schule. Wohler fühlte ich mich als Oberrädelsführerin einer ganzen Bande von Jungen. Wir tobten dort durch die Häuser, die oft Holztreppen hatten. Zum Ärger der Bewohner ging unser Spiel Räuber und Gendarm nicht ganz lärmfrei ab. Ausserdem habe ich auch etwas Fussball gespielt, allerdings mit nur mässigem Erfolg. Hinter den Häusern waren Rasenflächen mit Sandkästen. Dort haben wir die tollsten Sachen gespielt. Im Herbst holten wir unser Puppengeschirr herunter, jeder hat etwas mitgebracht. Aus den Produkten stellten wir die komischsten Speisen her, die wir dann mit Appetit verspeisten. Wir Kinder waren jedenfalls immer sehr beschäftigt. Ich speziell hatte auch noch ein anderes Hobby. Damals dachte ich, einmal Medizin zu studieren. Zu „Studienzwecken" sammelte ich Lurche, Frösche etc. Die Jungs wurden von mir angestiftet, sie zu fangen. Auf unserem nicht sehr grossen Balkon standen jede Menge Konservengläser mit halb krepierten Tierchen. Wenn mein Vater am Wochenende meine Sammlung sah, nahm er mich sehr streng ins Gebet und ich musste die Tiere alle wieder ins Grüne setzen. Dabei musste ich höllisch aufpassen, dass mich die Jungs nicht sahen. Sonst hätte ich doch meine ganze Autorität verloren. Meine Schwester war viel braver. Ganz wohlerzogenes Mädchen, hat sie sich nur an den Kochspielen beteiligt. Für sie waren wir „Dumme Gören." Als ich acht Jahre alt war, sollte ich Klavierspielen lernen. Meine Schwester ging natürlich auch zur Klavierstunde. Ich hatte dabei allerdings weniger Erfolg. Das Ganze war ausserordentlich störend für mich, denn ich hatte doch eigentlich wichtigere Sachen zu tun. Hinzu kam, dass ich jeden Tag üben sollte, obwohl ich doch gar kein Gefühl dafür hatte. Frau Breitschädel war eine sehr ernst zu nehmende Klavierlehrerin, für mich war sie sehr störend. Wenn sie den Takt klopfte, musste ich ihr sagen: „Frau Breitschädel lassen sie das". Das macht mich nur nervös. Wenn sie mit mir vierhändige Übungsstücke spielte, war ich auch nicht gerade sehr glücklich. Ein Jahr hat sie das ertragen. Ich auch. Dann hat sie an einem Sonntagmorgen meinen Eltern einen Besuch abgestattet und gesagt, es wäre schade ums Geld. Meine Eltern waren davon nicht begeistert, aber ich war sehr erleichtet. Ironie des Schicksals: meine Freunde und auch mein Mann waren alle hoch musikalisch, wovon ich dann später viel profitierte und Musik liebte.

Winter 1928

Der Winter 1928 hat sich mir tief eingeprägt. Ich war 9 Jahre alt. Es war furchtbar kalt. Wir hatten unter minus 20C. Mit unserem Nachbarn Ring, der ein sehr grosser Mann war, bin ich früh zur Endstation der Strassenbahn gelaufen. Als wir dort ankamen, stellten wir fest: der Strassenbahnbetrieb war aufgrund der grossen Kälte eingestellt worden. Die Elektrizität war ausgefallen. Ich war sehr froh und wollte schnell kehrt machen. Herr Ring schaute von oben herab und fragte, ob ich jetzt kneifen wolle. Mein Ehrgeiz war angestachelt. Und ich ging mit ihm den langen Weg, den wir sonst mit der Strassenbahn zurücklegten in klirrender Kälte zu Fuss. Die Strassenbahn brauchte gewöhlich dazu 20 Minuten. Nur mühsam hielt ich mit seinen langen Schritten mit. Ich hatte schon kaum noch Kraft, als ich die Strassenbahnstrecke bewältigt hatte. Für das letzte Stück zur Schule brauchte ich bei normalem Wetter schon 20 Minuten. Als ich in der Schule ankam war ich fast erfroren. Ich weiss nicht, wie lange ich in dieser Kälte unterwegs war. Man hat mich aus dem Mantel geschält, die Lehrerin hat meine blaugefrorenen Hände gerieben, so steif gefroren war ich. Es wurde bei meinen Eltern im Büro angeläutet. Meine Mutter war wegen der grossen Kälte nicht in die Stadt gefahren, sie hatte von meinem Vater gehört, dass keine Strassenbahnen fuhren. Meine Schwester war krank, also auch zu Hause. Nur Vati war im Geschäft. Das war das einzige Mal, dass er mich von der Schule abgeholt hat. Ich sehe das Bild noch vor mir. Er war sehr gross, hatte einen steifen Hut auf, einen Pelzmantel an, der Kragen war hochgeschlagen. In den Händen hielt er ein weinrotes Tuch mit schwarzen Noppen. Das hatte er sich von meinen Grosseltern, die damals noch in der Stadt wohnten, kommen lassen. Darin hat er mich eingepackt. Wir sind in eine bekannte Konditorei gegangen und ich bekam eine heisse Schokolade und einen Mohrenkopf. Weil es Freitag war, war das unser Mittagbrot, denn freitags abends wurde immer warm gegessen. Es war auch das einzigemal, dass wir mit einer Taxe nach Hause gefahren sind. In den folgenden 14 Tagen hatten wir schulfrei, denn es war alles eingefroren. Trotz aller Widrigkeiten kam ich mir sehr heldenhaft vor, hatte ich doch den weiten Weg bei dieser Kälte zu Fuss zurückgelegt.

Geburtstage

Zu Geburtstagen bekamen wir immer gut ausgesuchte Geschenke. Nie viel, meistens gab es ein sehr gutes Buch und ein pädagogisch wertvolles Spiel von den Eltern. Früh erkannten sie, dass ich sehr gut zeichnen konnte. Und so gab es für mich speziell Sachen, die das Zeichnen förderten. Ein Kuscheltier haben wir allerdings nie bekommen. Jetzt nach diesen vielen Jahren haben sich meine Schwester und ich eingestanden, dass wir das doch sehr vermisst haben.

Immer hatte ich in den grossen Ferien Geburtstag. Ich fand dass ungerecht, denn meine Klassenkameraden bekamen von der Lehrerin zu ihrem Geburtstag ein Stammbuchsbild geschenkt. Auch mit dem Feiern war es immer schwierig, denn die meisten Freunde waren verreist, wir oft auch. Nur an meinem achten Geburtstag war es anders. Nach dem Abendbrot brachten wir die kleinen Gäste mit Lampignons bis zur Endstation der Strassenbahn. Das war unvergesslich für mich und mein schönster Geburtstag.

Ich war immer kreativ, habe mir viele Dinge selbst gemacht. Einmal waren Hanne und ich in einem Kinderheim. Dort bekam ich Mums (Ziegenpeter), so wurde ich isoliert. Ich bekam eine Menge zum Basteln und habe mich dann stundenlang allein beschäftigt. Ich kann nicht sagen, dass ich dabei unglücklich war. Später mit 11 Jahren habe ich die erste Puppe gebastelt. Sie war gelenkig und weich. Meine Schwester hatte immer so schöne Puppen mit Schlafaugen und echten Haaren. Sie spielte wenig damit. Immer wenn ich sie sehr gebeten habe, mich mit ihren Puppen spielen zu lassen, hatte ich schreckliches Pech. Eine wunderschöne Puppe fiel mir im Ganzen aus den Händen und war hin. Viel später durfte ich dann nach längerem Bitten, während sie Schularbeiten machte, mit ihrer zweiten Puppe spielen und hatte plötzlich beide Arme in der Hand. Vor Schreck legte ich die Puppe in den Wagen zurück und schob die Arme in die Kleiderärmel. Als Hannele ihre Puppe aus dem Wagen heben wollte, blieben die Puppenarme im Wagen liegen. So kriegte ich wieder mein Fett weg. Mit schönen Puppen hatte ich leider kein Glück. Ich bekam ein Zelluloidbaby geschenkt. Ich kann nicht sagen, dass ich es besonders geliebt habe. Eine Tante von mir hat es sehr schön bestrickt. Zu meinem neunten Geburtstag bekam ich dafür einen wunderschönen Puppenwagen, die Kissen schön bezogen und mit herrlicher Steppdecke.

Ferien in Obernigk

Wir waren im Sommer in Obernigk. Es war ein schöner Ort nicht zu weit von Breslau. Meine Eltern hatten mit Freunden eine Villa gemietet, die einen herrlichen Garten mit grossen Obstbäumen hatte. Kaum angekommen, sass ich schon auf dem Kirschbaum. Meine Schwester stand unten und hat ängstlich gerufen: Komm runter, dass gehört uns doch gar nicht. Ich habe mich mit den Kirschen vollgestopft, fand es einfach himmlisch. Die Freunde meiner Eltern hatten einen Zwergdrahthaardackel, Hexe. Der war meine grosse Liebe. Ich durfte keinen Hund haben, weil mein Vater meinte, das sei in einer Stadtwohnung Tierquälerei. Jedenfalls, statt des Zelluloidbabys machte es mir viel mehr Spass, Hexe das Tragekleidchen meiner Puppe anzuziehen, sie in den neuen Puppenwagen zu packen und mit dem Hund die Lindenallee, wo wir wohnten, herauf und herunter zu kutschieren. Mir war nie langweilig, nur waren meine Spiele für ein Mädchen nicht immer ganz schicklich. Dort in den Ferien haben wir auch Schwimmen gelernt. Damals wurde man an einer Angel ins Wasser herabgelassen. So waren die ersten Stunden. Das war nicht angenehm und oft betrug die Wassertemperatur nur 16 Grad C. Als ich meine Schwimmprüfung machte, es war einen Tag nach meinem neunten Geburtstag, hat es geregnet und es war kalt, so dass ich meinen Schwimmlehrer bat, die Prüfung auf das Mindestmass von 15 Minuten zu beschränken. Als ich dann aus dem Wasser kam, hat er mir zur halben Stunde gratuliert. Da war ich sehr glücklich, dass ich das geschafft hatte. Immer wenn wir zum Schwimmen gingen und es war so kaltes Wetter, haben wir gesagt, wir gehen nur, wenn wir einen Kaugummi kriegen. Es gab damals schon Wrigley. Wir waren nicht verwöhnt, aber damit haben wir Mutti auch ein bisschen erpresst. Mittwochs nachmittags kamen manchmal Freunde meiner Eltern aus Breslau und wir verbrachten den Nachmittag im Schwimmbad. Einmal kam ich aus dem Wasser und zog mich vor allen Leuten völlig aus, um mir etwas Trockenes anzuziehen. Mutti war schockiert und sagte: „Ruthel schämst Du dich nicht, Dich vor allen Leuten auszuziehen?" Darauf antwortete ich ihr: „Warum? Ich bin doch nicht im Hemde.", was mit grosser Heiterkeit aufgenommen wurde.

Umzug in die Stadtwohnung

Nach sechs schönen Jahren zogen wir wieder in die Stadt. Der weite Weg war für meine Eltern, auch für uns Kinder zu umständlich. Wir gingen dann auch schon ins Gymnasium und da meine Eltern doch jeden Tag ins Geschäft mussten, verlegten sie den Wohnsitz mehr ins Zentrum der Stadt. Wir hatten dort eine grosse Stadtwohnung, eine ganze Etage, in die auch die Geschäftsräume mit integriert waren. Das war auch eine Sparmassnahme, denn meine Eltern hatten während der Weltwirtschaftskrise und an dem Schwarzen Freitag sehr viel Geld verloren; eigentlich ihr grösstes Kapital. Sie hatten Vertreter u.a. auch in Schweden, deren Kunden dann, wie andere auch, Konkurs anmelden mussten. Ich kann mich erinnern, dass Mutti einmal sehr geweint hat. Ich habe sie gefragt, warum sie so weint. Erst hat sie mir geantwortet:" das ist nichts für Kinder". Aber ich wollte unbedingt wissen, warum sie weint. Schliesslich habe ich sie solange gequält, bis sie mir gesagt hat: „Wir haben grosse Sorgen, ganz grosse finanzielle Verluste und auch die Mitgift von Euch ist dabei verloren gegangen." Ich versuchte sie in meiner kindlichen Art zu trösten und sagte:" ach, das macht doch nichts, wenn mich einmal einer nur wegen des Geldes heiraten will, der kann gleich wegbleiben." Ich wusste nun dass die Eltern sich einschränken mussten und, dass das auch mit ein Grund war, warum wir in die Stadt zogen. Es kam noch schlimmer. Nach 1933 blieben viele Kunden weg. Meine Eltern hatten 90 % christliche Kunden. Viele versicherten, dass sie gern weiter bei ihnen gekauft hätten, aber selbst Angst vor Denunziationen hatten. Die gesamte politische Situation führte zu einem weiteren wirtschaftlichen Niedergang. An dem Tag, an dem wir in die Stadt zogen, sassen meine Schwester und ich auf der Treppe und haben geweint. Instinktiv spürten wir, dass ein Stück glücklicher Kindheit vorbei war.

In der Stadt

In der Stadt war es in mancher Hinsicht für uns bequemer, wir waren an vielen Dingen näher dran. Unsere Eltern gingen sehr oft mit uns an den Wochenenden ins Bildermuseum. Später bin ich dann selbst, wenn ich Zeit hatte, allein gegangen. Das Kaufhaus „Wertheim" hat mich sehr angezogen. In Breslau war es neu und sehr gross. In diesem Kaufhaus gab es oft Tische mit verbilligten Büchern. Es gab gute in Leinen gebundene Bücher, sie kosteten damals 95 Pfennige. Dafür konnte man zu dieser Zeit schon ein anständiges Buch erwerben. Wir bekamen 2 RM Taschengeld in der Woche. Wir mussten die Schulhefte und kleine Geschenke davon kaufen. Ich war sehr sparsam, jedenfalls hatte ich am Wochenende immer noch soviel übrig, dass ich Mutti ein Blumensträusschen kaufen konnte. Ich habe mich als junges Mädchen immer amüsiert, dass die Blumenfrau zu mir „Damele" sagte.

Das waren die schönen Seiten im Zentrum der Stadt. Wir gingen dort zunächst in ein Gymnasium. Meine Schwester war dann lange krank und musste ein Schuljahr wiederholen. Wir waren ein Schuljahr auseinander, so sind wir in eine Klasse gekommen. Da meine Eltern in dieser Zeit wirklich andere Sorgen hatten, haben sie uns beide dummerweise umgeschult. Für meine Schwester war das bestimmt sehr schwer, mit mir in einer Klasse zu sein. Ich habe das weidlich ausgenutzt, habe viel von ihr abgeschrieben und es mir dadurch natürlich sehr viel bequemer gemacht.

Da wir keinen Religionsunterricht in der Schule hatten, mussten wir zweimal in der Woche in die Religionsschule gehen. Mein Vater legte grossen Wert darauf, dass wir wenigstens die hebräischen Buchstaben beherrschten, damit wir die Gebete und die Bibel lesen konnten. Unser Lehrer hiess ebenfalls Schönfeld wie wir, obwohl wir nicht verwandt waren. Er war bereits der Lehrer meines Vaters. Sehr aufmerksam war ich nicht und wenn ich mal wieder etwas nicht wusste, sagte er :"Ruth, es ist für die Katz."

1933 – Hitler

Die Machtergreifung Hitlers war für uns ein schrecklicher Schock. Am 1. April 1933 ging ich mit meiner Schwester zur Schule. Was wir da sahen, hat sich uns tief eingebrannt. Wir wohnten an einer Hauptstrasse, in der auch ziemlich viel jüdische Geschäfte waren. Vor den jüdischen Geschäften hatten SA-Leute Aufstellung genommen. Die Scheiben der Schaufenster waren dick mit weisser Farbe besudelt. Mit grossen Lettern stand dort „Jude". Der Davidstern war als Zeichen des Judenhasses missbraucht. Es war, als würde ich Spiessruten laufen. Nicht zu beschreiben die seelische Verletzung, die ich erfuhr. Ich war ein Kind von 13 Jahren, erniedrigt und beschmutzt. Bisher hatte ich das Deutschlandlied mit grossem Stolz gesungen. Jetzt, nach diesem Erlebnis, ging das nicht mehr. Bei einer Feierstunde konnte ich die Hymne nicht mehr ertragen. Bitterlich weinend lief ich aus dem Saal. Ich habe mich ausgestossen gefühlt, ich wusste, ich gehöre nicht mehr dazu.

Zum Glück sind wir in dieser Zeit zum Zionismus gekommen. Wir konnten sogar unsere Eltern soweit bringen, in die zionistische Ortsgruppe einzutreten. Mutti stand dem aufgeschlossen gegenüber. Von ihren Brüdern hatte sie schon in ihrer Jugend vom Zionismus gehört. Mein Vater war anfangs skeptisch, er war eben in erster Linie ein deutscher Jude. Später hat er sich umgestellt. Der Zionismus hat uns Halt gegeben. In der Schule bekamen wir den Antisemitismus und Nazismus sehr zu spüren. Immer mehr jüdische Schüler verliessen das Gymnasium, auch meine Schwester wechselte in eine jüdische Frauenschule. Ich blieb, war dann die einzige

Jüdin in der ganzen Schule. Ich habe den Antisemitismus täglich zu spüren bekommen. Die einzige Alternative wäre für mich das jüdische Gymnasium gewesen. Das grosse Pensum in Hebräisch hätte ich aber in der kurzen Zeit nicht nachholen wollen und können. Man hatte dort sonnabends frei und am Sonntag Schule. Das war jedoch der einzige Tag, an dem meine Eltern für uns Zeit hatten. Deshalb wollte ich nicht umgeschult werden. Nicht alle Lehrer waren Nazis, aber der grösste Teil und vor allem die, bei denen wir die Hauptfächer hatten. Der Geschichts- und Geografielehrer kam sogar ganz offiziell in brauner Uniform und Stiefeln in die Schule. Er war ein ganz unangenehmer Zeitgenosse. Und da ich doch sehr viel zeichnete, habe ich ihn auch während des Unterrichts gezeichnet. Er lief aber immer hin und her, so dass ich dann die Lust verlor und den Hinterkopf nur noch wie eine Melone anhängte. Ich sass in der ersten Reihe und hatte beide Hände auf dem Pult liegen. Er kam auf mich zu, nahm das Heft und schrie fürchterlich: „Sie hat mich karikiert und so schlecht hat sie mich karikiert." Er holte aus, um mir mit der Faust auf die Hände zu schlagen. Im letzten Moment habe ich sie dann weggezogen und so traf er mit aller Wucht auf die Tischplatte. Wahrscheinlich hat er sich dabei kräftig weh getan. Von da an hatte ich leidlich Ruhe vor ihm, aber gemocht haben wir uns beide nicht.

Noch vor der Nazizeit hatten wir an der gleichen Schule eine Klassenlehrerin, die Fräulein Schwalbe hiess. Fräulein Schwalbe war gross und dünn, mit hoch geschlossenem Kragen und einem kleinen Kiks auf dem Kopf. Sie erfüllte alle Vorstellungen, die man von einer altjüngferlichen Lehrerin hat. Diese leicht komische Person reizte mich natürlich zu allen möglichen Dingen. Wir lernten bei ihr Deutsch und ich hatte grösstes Vergnügen, sie zu Hause nachzuspielen. Wir nahmen gerade das Satzgefüge im Deutschunterricht durch. Mein Vater sagte, er habe dazu den passenden Satz:" Eine Schwalbe macht keinen Sommer, wenn es auch die schönste ist." Das hat mir natürlich wahnsinnig gefallen und ich wartete auf den rechten Moment, um mein Wissen anzubringen. Der Zeitpunkt war günstig als der Schulrat in unsere Klasse kam. Ich meldete mich und war in meiner Aktivität nicht zu übersehen. Der Schulrat nahm mich dran, ich stand auf und verkündete den Satz von der Schwalbe. Fräulein Schwalbe lächelte säuerlich, der Schulrat musste sich das Lachen verbeissen und die ganze Klasse hatte Mühe das Prusten zu unterdrücken. Ich war nicht die bravste, aber auch nicht die schlechteste Schülerin. Wie bereits gesagt, während der Nazizeit war ich die einzige jüdische Schülerin an dieser Schule und meine Mutter bat mich, unbedingt die mittlere Reife zu machen und nicht zu kapitulieren.

Mein Lieblingsfach

Im Zeichnen war ich sehr gut, aber das nahmen mir meine Mitschülerinnen auch übel. Meine Zeichenlehrerin hat mich sehr gefördert. Sie war keine Nazisse. Es war schon in der Untersekunda, als ich einmal von der Pause in den Zeichensaal zurück kam. Da lag ein Zettel auf meinem Tisch. Darauf stand: Wann gehst Du nach Palästina? Ich war zwar die Jüngste in der Klasse, liess mir aber nichts gefallen. Ich habe gewartet bis alle im Klassenraum waren. Dann bin ich aufgestanden und habe meinen Klassenkameradinnen gesagt: „Ich will Euch versichern, damit ihr beruhigt seid, ich werde, sowie ich die Möglichkeit habe, nach Palästina gehen." Das war den Mädchen auch wieder nicht recht, denn ich hatte viel mehr Courage als sie. Sicher hatten sie gedacht, ich würde in Tränen ausbrechen. Den Gefallen habe ich ihnen jedoch nicht getan. Die letzte Zeit in der Schule war für mich eine harte Zeit und kostete viel Nerven. Ich war bereits in der zionistischen Jugendbewegung und der Wunsch nach Palästina zu gehen wurde immer stärker. Einschneidend war ein Erlebnis, das ich auf der Strasse hatte. Ich bin mit einem Freund auf der Strasse gegangen. Wir haben uns leise unterhalten. In meinem Rücken spürte ich, dass jemand hinter uns ging und und hörte ihn sagen: „Auch der Tag wird kommen, wo kein Jude mehr auf der Strasse sein wird." In dem Moment war mir klar, Du musst alles tun, um so schnell wie möglich aus diesem Land wegzukommen. Leider war das Auswandern nicht so einfach.

Lehre und Abendschule

Nachdem ich den Schulabschluss glücklich hinter mich gebracht hatte, nahm ich eine Lehrstelle als Schneiderlehrling an. Mein Vater hatte mir immer wieder erklärt, dass ich meine künstlerischen Talente zurückstecken und einen praktischen Beruf ergreifen muss. Ich wollte eigentlich Modezeichnerin werden. Voraussetzung dafür war, dass man das Schneiderhandwerk perfekt beherrschte. Deshalb nahm ich eine Lehrstelle an. Auf Anraten meiner Zeichenlehrerin hatte ich mich an der Breslauer Kunstgewerbeschule als Abendschülerin beworben. Zunächst hatte ich starke Bedenken dagegen, denn ich hielt es für unmöglich, in dieser politischen Situation nochmals eine Schule besuchen zu können. Sie riet mir, es zu versuchen.

Bei der Anmeldung in der Kunstgewerbeschule im Frühjahr 1935 fragte ich zunächst, ob sie überhaupt eine jüdische Schülerin nehmen würden. Die Beamtin war sehr nett und sagte: „Kein Problem, wir haben Numerus Klausus und ein Prozent jüdische Schüler dürfen wir annehmen. Bis jetzt haben wir aber noch keinen einzigen jüdischen Schüler." Und so wurde ich Abendschülerin. Dreimal in der Woche, immer drei Stunden, hatte ich Unterricht in der Kunstgewerbeschule. Mit den anderen Schülern, die alle wesentlich älter waren als ich, hatte ich überhaupt keinen Kontakt. Jeder hatte seinen eigenen Tisch und ich habe auch jedes Gespräch vermieden. Keiner hat sich um den anderen gekümmert. Ich bin immer so gekommen, dass ich nicht heil Hitler sagen musste. Es war immer die Angst, als Jüdin erkannt zu werden. Nicht, das ich feige war, aber es war nicht angenehm. Der Professor hat sich zum Glück nur für die Zeichnungen interessiert. Ausserdem habe ich einmal in der Woche bei einem jüdischen Maler Portrait gezeichnet. Dieser Kurs war in der jüdischen Gemeinde. Dieser wunderbare Mensch und Künstler ist später im Konzentrationslager Buchenwald umgekommen. Sein Name war Heinrich Tischler.

Am Tage war ich Lehrmädchen bei einer Damenschneidermeisterin. Ich war geschickt und interessiert, lernte in dem Jahr sehr viel. Als einzige unter den Lehrmädchen, lernte ich u.a. auch Pelznähen.

Entscheidungen

Die politische Situation in Deutschland hatte sich so zugespitzt, dass mir klar war, dass ich die drei Lehrjahre in Deutschland nicht beenden würde. Meine Schwester war schon seit Oktober 1935 auf ein Studienzertifikat nach Palästina gegangen. Ich beschloss, alles zu tun, um so bald als möglich noch mit Jugendalijah nachzukommen. Meine Hoffnung bestand darin, dass meine Eltern bestrebt sein würden, so schnell wie möglich nach Palästina auszuwandern, damit die Familie wieder vereint sei. Um zur Jugendalijah zu kommen, musste ich die Bestätigung des Zionistischen Jugendbundes haben. Der Bund wollte mich keineswegs gehen lassen. Die Bundesleitung war der Meinung, dass man mich in Deutschland als Jugendführerin brauchte. Was der Bund damals beschloss war für mich heilig. Schwierig war es nur, meine Eltern wieder von einer neuen Sachlage zu überzeugen. Ihnen war schon unangenehm, dass ich den Lehrvertrag nach einem Jahr brach. Mein Vater erklärte mir, dass es das erste mal sei, dass er in seinem Leben wortbrüchig geworden ist. Mutti fand es aber schön, dass ich noch nicht aus Deutschland wegging. Sie wusste noch nicht, dass ich nicht in Breslau bleiben würde. Der Jugendbund wollte mich als Jugendführerin nach Oberschlesien schicken, gleichzeitig sollte ich dort meine Umschichtung für Palästina machen, um später ein Arbeiterzertifikat zu bekommen.

Felix Tauber

Der Leiter der gesamten Hachschera (Umschichtung für Palästina), Felix Tauber, war auch im selben Jugendbund wie ich. Der Hechalutz umfasste verschiedene zionistische Jugendbünde. Ausserdem traten auch unorganisierte über Zwanzigjährige in den Hechalutz ein, um auf Hachschera zu kommen. Nach zweijähriger Hachschera bestand die Möglichkeit, später durch den Hechalutz ein Arbeiterzertifikat zu erhalten. Anerkannte Ausbildungsmöglichkeiten für die Hachschera waren Stellen bei Bauern, Gärtnereien, bei Handwerkern, vor allem in Tischlereien. Für Mädchen waren es Hauswirtschaftplätze. In Oberschlesien waren damals 500 Menschen an verschiedenen Plätzen auf Hachschera, da es in Oberschlesien ein Minderheitenschutzgesetz für Juden bis Juni oder Juli 1937 gab. Felix Tauber war der Galilleiter des Hechalutz für ganz Oberschlesien. Er war sowohl für die Hachscherastellen aber auch für Bildungsabende verantwortlich. Er schrieb mir ausführlich über die Bundesarbeit in Oberschlesien, wollte, dass ich dazu brieflich Stellung nähme. Da ich noch arbeitete und abends lernte, hatte ich wenig Zeit zum Korrespondieren. So bat ich ihn, nach Breslau zu kommen, damit wir uns persönlich darüber unterhalten können. Er sollte selbst entscheiden, ob ich für die Arbeit geeignet sei. So teilte er mir den Zeitpunkt mit, an dem er nach Breslau käme, um mich kennenzulernen. Er kam als ich noch bei der Arbeit war und unterhielt sich mit meiner Mutter. Sie schilderte mich nicht in den besten Farben. „Ruth weiss nicht mal, wann das Wasser kocht, hat von Küche und Hauswirtschaft keine Ahnung. Zeichnen kann sie und Nähen. Sie ist doch noch sehr jung." Felix beschloss zu warten und mich kennenzulernen. Als ich dann von der Arbeit kam, unterhielten wir uns lange und er redete mir zu, am 1. März 1936 in Beuthen zu erscheinen. Es war ihm sehr wichtig, dass ich Gruppen führen sollte. Er versprach, dass ich eine Stelle in einer Gärtnerei bekommen würde.

Oberschlesien – Beuthen

Wir waren in Beuthen, Oberschlesien, auf Hachschara. Die jüdischen Mädchen und Jungen waren doch zum Teil arm dran, sie brauchten Halt und man musste ihnen doch vor allem menschlich helfen. Ich war als Jugendführerin tätig, manchmal nur zwei Jahre älter als die Mädchen, die ich führte. In Gleiwitz habe ich auch Jungen geführt. Oft kam ich mir wie ein geistiger Hochstapler vor. Es war doch nie viel Zeit, mich auf die Stunden vorzubereiten. Im ersten Jahr in Beuthen bekam ich das Privileg für einen Monat zu einem Jugendführerseminar ins Bröhltal ins Rheinland zu fahren. Die Reise dauerte fast zwei Tage. Dieses Seminar wurde für Jugendführer aller zionistischen Jugenbünde veranstaltet. Es fand in einem Haus statt, das der Reichsvertretung der Juden gehörte. Landschaftlich sehr schön gelegen, hatte es einen wunderschönen Garten, ganz in der Nähe war der Wald. Für mich aus dem verrussten Oberschlesien mit seinen Kohlebergwerken wäre es sehr verführerisch gewesen, die Landschaft zu erkunden. Aber es war uns von der Gestapo verboten, sich mehr als 100 Meter vom Haus zu entfernen. An Ausflüge war deshalb nicht zu denken. Die Spitzel der Gestapo waren ständige Gäste unserer Seminare. Ein Gastdozent der hochinteressanten Veranstaltungen war u.a. Martin Buber. Viele Professoren, die an den Universitäten schon Lehrverbot hatten, waren unsere Dozenten. Das Lehrprogramm war umfangreich und wurde streng eingehalten. Dort bin ich mit sehr vielen interessanten Themen in Berührung gekommen. Augen und Ohren wurden mir geöffnet.

Auf der Rückreise war mir vom Jugendverband erlaubt worden, drei Tage in Berlin Station zu machen. Felix, mit dem ich schon befreundet war, wollte, dass ich seinen Bruder und dessen Familie kennenlerne. Bei meiner Berliner Tante wohnte ich. Ich habe die Zeit auch genutzt, das Pergamonmuseum zu besuchen. Gern wäre ich länger geblieben, aber es war schon sehr viel, dass ich über einen Monat von der Arbeit in Beuthen vom Jugendbund befreit worden war.

In Beuthen arbeitete ich früh in der Gärtnerei, dann habe ich mich schnell geduscht und den Mädchen im Beth Chaluz (Wohnheim) zugerufen, sie sollen mir schnell die Tasche packen. Damit ich den Zug erreichen konnte. Denn ich bin zweimal in der Woche nach Gleiwitz und einmal im Monat nach Ratibor gefahren, um Gruppen zu führen.

In meiner wenigen Freizeit hatte ich eine Plastik modelliert. Ein Schwager von Heinrich Tischler, der stets an meinem künstlerischen Fortkommen interessiert war, sah die Plastik. Er meinte, dass ich auf Hach-

Ruth und Felix

schera nur meine Zeit vergeude. Er liess die Plastik beurteilen. Nach Monaten teilte er mir mit, dass mich der Breslauer Bildhauer Schmidtl, der kein Nazi war, ein halbes Jahr ausbilden wolle. Nach diesem halben Jahr sollte ich nach Jerusalem in die Bezalel-Schule zur Weiterbildung gehen. Zum Glück war ich realistisch genug um zu sehen, dass es weder die politischen Umstände noch die wirtschaftlichen Verhältnisse meiner Eltern zuliessen, Künstlerin zu werden. Und so wählte ich den Weg, mit Felix, meinem Verlobten, nach Palästina zu gehen und ein Dorf mit zu gründen.

Gestapo

In der ersten Zeit in Beuthen ging ich einmal mit Felix Tauber auf einer der Hauptstrassen. „Bleib stehen, schau Dir die Auslagen an!" Im Schaufenster spiegelte sich die andere Strassenseite. Felix machte mich auf zwei Männer aufmerksam. „Schau sie Dir gut an!" Zwei Gestapoleute überwachten uns. Sie vermuteten, dass Felix mit einem arischen Mädchen auf der Strasse ging. Seit den Nürnberger Rassegesetzen von 1935 galten Verbindungen zwischen Juden und Ariern als Rassenschande, Ehen waren verboten. Sie hatten uns ins Visier genommen. Felix kannten sie schon. Er musste jede Woche donnerstags zur Gestapo und einen Sachbericht geben. Wir wussten nie, ob er zurückkommen würde. Wurde es später, haben wir gezittert. Mit jeder Woche, die verging, wurde unsere Angst grösser.

Es blieb nicht aus, dass auch ich mit der Gestapo konfrontiert wurde. Ich war in unserem Beth Chaluz (Wohnheim) als es klingelte. Es war vormittags. Manchmal kamen Jungs, die in der Nähe in einer Tischlerei auf Hachschera waren, um zu frühstücken. Zwei waren schon da. Einer von ihnen kam mir entgegen: „Ruth, Gestapo". Schnell waren die beiden Jungs verschwunden. Vor mir standen dieselben Herren, die Felix und mich beobachtet hatten. Ich stellte mich vor. Sie hatten den Auftrag, das Wohnheim zu inspizieren. In dieser Zeit wurden die kleinsten Dinge genutzt, um Juden Repressalien auszusetzen. Auch diese beiden waren mit dem Ziel gekommen, uns irgendeine Unregelmässigkeit nachzuweisen. Ich bat sie, sich alles anzuschauen. Gegenüber des Eingangs waren zwei Schlafzimmer. Dort wohnten die Jungs. Statt eines Nachtschrankes standen an jedem Bett

Schemel, die unsere Tischler angefertigt hatten. Das war praktisch, denn man konnte sie auch zum Sitzen benutzen. Jetzt lagen Bücher darauf. Auf einem Schemel lag die Bibel in hebräisch, aber auch Karl Marx wurde von diesem Jungen gerade studiert. Die Gestapoleute schnüffelten überall herum. Einer der beiden steuerte geradewegs auf diesen Schemel zu. Ich wusste, wenn ihnen „Karl Marx" in die Hände fiele, würde nicht nur ich mitgenommen, sondern das gesamte Beth Chaluz würde aufgelöst. Ich habe mich gedreht und gewendet, bis ich den Schemel mit dem Rücken verdecken konnte. Das war nochmal gut gegangen. Geprägt von ihren schmutzigen Phantasien, vermuteten sie zynisch, dass bei uns „wohl Männlein und Weiblein zusammen schlafen würden". Sehr sachlich erwiderte ich ihnen, dass ich ihnen gern die Mädchenzimmer am anderen Ende des Korridors zeigen werde. Ich setzte noch hinzu: „Es wäre gut, wenn es überall so anständig zuginge, wie bei uns." Das war eine ziemlich kühne Bemerkung, wenn ich es rückblickend bedenke. Dann interessierten sie sich für unseren Ess- und Tagesraum. Alle unsere Privatbücher standen dort in einem Regal. Sie waren in blaues Papier eingebunden. Die Rücken waren entsprechend den Inhalten farblich gekennzeichnet, z. B. gelb für Belletristik und orange für Theologie. Es gab auch die Kennzeichnung „rot". Keiner von uns wäre so dumm gewesen, verbotene sozialistische Literatur so zu kennzeichnen. Die kluge deutsche Staatspolizei entwickelte aber eine Vorliebe für die so gekennzeichneten Bücher. Leider fanden sie nicht das Erhoffte. Ich zeigte ihnen noch alle anderen Räume und nirgendwo wurden sie fündig.

Später hatte ich noch eine andere Begegnung mit ihnen. Ich arbeitete schon in der Gärtnerei. Meine Gärtnersleute fuhren auf Märkte, um ihre Produkte zu verkaufen. Sie waren hochanständige Menschen. Sie nahmen mich zweimal wöchentlich mit auf den Markt. Für mich war das sehr praktisch, denn der Markt war in der Nähe unseres Heimes. So hatte ich keinen weiten Weg, um nachmittags die Gruppenarbeit zu leiten.

Mein Arbeitsplatz war sonst in der Stadtwaldgärtnerei, ganz weit draussen. Dahin konnte ich nur mit meinem alten Fahrrad gelangen. Zu Fuss wäre es kaum zu schaffen gewesen. Einmal hatte ich unterwegs eine Panne, der Reifen hatte keine Luft mehr. Ich bat einen vorüberfahrenden Passanten, den ich nicht kannte, mir bitte seine Luftpumpe zu borgen. „Sie,

sie sind doch eine Jiddin, ja? – Und da glauben sie, da werd ich ihnen noch die Luftpumpe borgen?" Den ganzen langen Weg bis in die Stadt musste ich das Fahrrad schieben. So war das.

Zurück zum Markt. Ich habe beim Verkauf geholfen und ein sehr gutes Geschäft gemacht. Alle Eltern der Jugendlichen, die ich führte, waren instruiert bei den Gärtnersleuten Widuch zu kaufen, weil ich dort auf dem Markt stand. Alle jüdischen Mütter befolgten die Bitte und kauften Gemüse und Blumen. So haben Widuchs durch mich ein sehr gutes Geschäft gemacht. Geradeüber war eine Baugewerbeschule. Die Studenten kamen, vielleicht nicht nur der Blumen wegen. Bekanntschaften mit mir sind ihnen nicht geglückt, aber das Geschäft hat es belebt. Meine Chefin kam auf die Idee, mir einen eigenen Stand anzuvertrauen. Inzwischen hatte ich noch zwei unserer Chawerim in der Gartnerei untergebracht. Mit dem Mädchen, Gila, sollte ich an diesem Stand verkaufen. Ich war davon überzeugt, dass ich die Ware gut absetzen würde. Die Stände waren etwas voneinander entfernt. Der Verkauf lief gut. Plötzlich standen die zwei Gestapoleute, die mich schon kannten, an meinem Stand. Sie wollten genau wissen, was ich da mache. Als ich ihnen sagte, dass ich für meine Gärtnersleute verkaufe, fragten sie mich nach meinem Alter. Ich war noch nicht 18 Jahre alt und deshalb war es verboten, allein einen Stand zu führen. Auch den Einwand, dass ich es doch nur für meine Arbeitgeber täte, liessen sie nicht gelten. Sie gingen weg. Mir war klar, dass ich die Gärtnersleute warnen musste. So rannte ich mit der Zigarrenkiste, in der unser Verkaufserlös war, los. Als ich atemlos ankam, waren sie schon da und redeten auf meine Chefin ein. Ich hörte, wie sie sagte: „Was wollen Sie, wir sorgen doch nur dafür, dass die Juden umschichten. Dadurch helfen wir nur, dass sie nach Palästina auswandern. Geschickt hatte sie diese Lage gemeistert.

Das Ende des Minderheitenschutzgesetzes

Wie schon erwähnt, gab es in Oberschlesien ein Minderheitenschutzgesetz, das den Juden zugute kam. Deshalb konnten in Oberschlesien so viele Jugendliche auf Hachschera sein. Dieses Gesetz lief entweder Juni oder Juli 1937 ab. Während dieser Zeit waren sehr viele Journalisten in Oberschlesien. Als das Gesetz abgelaufen war, geschah gar nichts. Erst als alle Journalisten Oberschlesien wieder verlassen hatten, begannen die Progrome. Die Synagoge wurde angezündet, die jüdischen Geschäfte wurden von Hitlerjugend in Zivil zertrümmert. Und das nannte sich dann: „Die kochende Volksseele." Zu dieser Zeit sagte man zu meinen Schwiegereltern, es wird alles ariesiert. Ihr Haus und ihr Geschäft muss in arische Hände übergehen. Mein künftiger Mann Felix ist dann zu seinen Eltern gefahren, um ihnen beizustehen. Es kam ein Arieseur, so nannte man das, er hiess Herr von Streitschwert. Er brachte gleich zwei Käufer mit. Ihr müsst wissen, meine Schwiegereltern besassen ein Haus mit 17 Wohnungen mit Ausspannungen, mit Hinterhof. Auch war dort ihr Kaufhaus integriert. Natürlich war das nicht so, wie man das heute kennt. Es war viel kleiner, aber in 2 Etagen. Auch eine Kneipe gabs in ihrem Haus. Es war also ein grosses Haus, das einen sehr grossen Wert hatte. Der Herr Arieseur brachte einen Käufer für das Haus und einen Käufer für das Geschäft. Das waren Angestellte in irgendwelchen Geschäften in Kreuzburg, die aber überhaupt kein Geld hatten. Nicht nur, dass Herr von Streitschwert den Besitz sehr niedrig taxierte, die Käufer zahlten nur eine ganz geringe Summe an. Meine Schwiegereltern konnten sich dagegen nicht wehren. Sie mussten das so hinnehmen. Eine Summe des Geldes sollte monatlich auf ein Sperrkonto gezahlt werden. Aber meine Schwiegereltern haben davon kaum etwas bekommen. Felix kam zurück zu mir nach Beuthen und war natürlich darüber vollkommen erschüttert. Für uns war abzusehen, dass Juden in Deutschland keine Chance mehr hatten und wir Deutschland verlassen mussten.

Letzte Auswege

Da Felix und ich ohnehin auf Hachschara waren, stand für uns fest, dass wir nach Palästina gehen werden. Dazu muss man wissen, dass Palästina unter englischem Mandat stand. Von den Engländern wurde nur eine geringe Einwanderungsquote für Juden festgelegt, um Ruhe mit den Arabern zu haben. Deshalb gab nur eine beschränkte Anzahl von Zertifikaten. Es gab sie für Kapitalisten, Handwerker, Arbeiter und Jugendalia, auch eine ganz minimale Anzahl für Studenten. Um ein Kapitalistenzertifikat zu bekommen, musste man 1000 englische Pfund vorweisen können. Wollten Juden nach Amerika auswandern, mussten die dort lebenden Angehörigen oder Freunde 20.000 Dollar als Sicherheit hinterlegen. Das war für alle beteiligten Regierungen kein schlechtes Geschäft. Die Notwendigkeit der Auswanderung war brennend. Jeder hätte in Hitlers „Mein Kampf" seit 1925 nachlesen können, welche Ziele Hitler mit den Juden verfolgte. Nur wenige haben das Buch gelesen, noch wurde angenommen, dass Juden vertrieben werden könnten.

Rasco war eine Siedlungsgesellschaft, die in Palästina mittelständische Dörfer gegründet hat. D.h. sie siedelte Einwanderer an, die mit Kapital ins Land kamen. Reiche Araber verkauften gern Böden für solche Ansiedlungen. Sie selbst lebten im Ausland. Heute wird oftmals behauptet, jüdische Einwanderer hätten arabische Böden anektiert.

Während Felix bei seinen Eltern war, hatte ich gehört, dass es eine beschränkte Anzahl von Sondertransfer für oberschlesische Juden geben sollte, die durch eine Siedlungsgesellschaft in Palästina ein Dorf gründen könnten. Den Vorschlag unterbreiteten wir Felix Eltern. Sie waren einverstanden. Leider gab es eine Altersbegrenzung für Siedler, so dass sie mit 62 Jahren dazu bereits zu alt waren. Die jüdische Dachorganisation in Berlin empfahl uns, zu heiraten und selbst diese Möglichkeit zu siedeln, wahrzunehmen. Man sagte uns, dass wir die Eltern sofort von Palästina aus anfordern könnten, um ein Elternzertifikat zu erhalten. Das besondere dieses Sondertransfer war, dass das benötigte Kapitalistenzertifikat lediglich zum Doppelten des Wechselkurses erstanden werden konnte. Für ein „normales" Kapitalistenzertifikat mussten Juden wesentlich mehr, teilweise bis zu 100.000 RM an die deutschen Behörden bezahlen. Der Wechselkurs für Zertifikate RM zu englischem Pfund wurde vollkommen willkürlich festgelegt, lediglich eines war sicher, dass er immer höher wurde.

Nun, um es vorwegzunehmen, die politische Situation entwickelte sich anders, denn als wir auf dem Schiff waren, verfügten die Engländer einen Einwanderungsstop.

So wählte ich den Weg, mit Felix, meinem Verlobten, nach Palästina zu gehen und ein Dorf mit zu gründen. Das alles in der Hoffnung, die Eltern von Felix innerhalb kurzer Zeit bei uns zu sehen. Zu diesem Zeitpunkt wussten wir noch nicht, dass wir uns nie wiedersehen würden. Nachdem die Eltern von Felix ihren Besitz verlassen mussten, zogen sie nach Pietschen in Oberschlesien zu Felix Schwester, deren Mann Arzt war. In der Kristallnacht, am 9.11.38 wurde die gesamte Familie an die Wand gestellt und mit Revolvern bedroht. Danach kam Felix Schwager ins KZ Buchenwald und meine Schwiegermutter erlitt infolge der Erlebnisse einen Schlaganfall, an dessen Folgen sie später in Breslau starb. Felix Vater wurde nach Mauthausen deportiert, wo er in den Steinbrüchen umkam. Felix Schwester kam mit 2 Töchtern im Oktober 1939 noch mit Zertifikat nach Palästina, der Schwager wurde aufgrund des Zertifikates aus Buchenwald entlassen und ist später über England nach Palästina gekommen.

Über unsere Hochzeit und die darauffolgende Ausreise werde ich noch berichten. Wir gingen jedenfalls sofort, nachdem wir in Palästina angekommen waren, zum Einwanderungsbüro und forderten das Elternzertifikat für Felix Eltern an. Auf Onkel Ernst's Rat bezahlten wir dafür zweimal 7 englische Pfund in bar Schmiergeld an den englischen Beamten, der die Anträge bearbeitete, damit dieser Antrag im Stapel etwas höher gelagert wurde. Onkel Ernst hatte 1935 damit seinen Vater innerhalb von fünf Wochen ins Land holen können. Uns hat es leider nicht genutzt.

Zwei Hochzeiten

Nachdem feststand, dass Felix und ich das Siedlungszertifikat nutzen würden, haben wir sofort geheiratet. Wir heirateten am 31. Januar 1938 standesamtlich in Beuthen, da wir wegen der Auswanderungspapiere zu diesem Zeitpunkt verheiratet sein mussten. Die Freunde, die mit uns in der Hachschara waren, lebten zusammen in einer Wohngemeinschaft und beanstandeten, dass wir gleich nach der standesamtlichen Trauung abfahren wollten. So beschlossen wir, mit unseren Freunden im Beth-Chaluz zu feiern. Die Familienangehörigen, die beiden Väter, Schwester und Schwager von Felix kamen zur standesamtlichen Trauung, fuhren ab, nachdem sie uns eine gebratene Gans und eine gepöckelte Rinderbrust überlassen hatten, feierten wir abends im Freundeskreis. Hinzufügen will ich, dass wir die ganze Zeit sehr schlecht assen. So waren die Gans und der Braten ein wirklicher

Ruth und Felix

Hochzeitsschmaus, auf den sich alle freuten. Da ich Menschen gut imitieren konnte, legte ich zur allgemeinen Erheiterung noch einmal eine ganze Schau hin.

Nach zwei Tagen nahmen wir von Beuthen Abschied ohne zu wissen ob wir unsere Freunde je wiedersehen würden. Felix fuhr zu seinen Eltern, ich zu meinen, um unsere letzten Sachen zu packen. Inzwischen kam meine Schwester Hanna zur synagogalen Hochzeit. Sie war schon seit Oktober 1935 in Palästina und hatte schreckliche Sehnsucht nach den Eltern. Ein bekannter Polizeibeamter, bei dem sich meine Schwester bei ihrer Ausreise abgemeldet hatte, erkundigte sich nach ihr. Mein Vater erzählte ihm, dass ich heiraten würde und in Kürze auch nach Palästina ginge. Er fragte, warum Hanna nicht auch zur Hochzeit käme. Und mein Vater antwortete ihm, dass wir fürchteten, sie würde Schwierigkeiten bekommen. Dieser nette Beamte versicherte meinem Vater, dass er den Antrag solange in seiner Schublade behalten wolle, so dass meine Schwester unbehelligt bleiben würde. Als mein Vater dann mit Hanna zur Anmeldung auf das Revier ging, warteten wir sehr lange auf ihre Rückkehr und fürchteten, dass etwas schiefgelaufen sei. Der Grund dafür war jedoch, dass sie dem Beamten viel von Palästina erzählen musste. Die letzten Tage bis zu meiner synagogalen Trauung waren sehr hektisch. Am Hochzeitstag war die Familie schon mit Gästen zum Hochzeitssaal gefahren. Felix und ich sollten als letzte kommen und die Wohnung abschliessen. Während Felix noch damit beschäftigt war, wollte ich schnell die Treppe herunter und blieb mit den ungewohnten höheren Absätzen an den Messingbeschlägen der Treppe hängen, stolperte und fiel bis zum nächsten Treppenabsatz, den Brautstrauss im Arm, die Treppe herunter. Meine Gedanken waren bei meinem blauen Spitzenkleid, ob es auch nicht zerrissen wäre. In einer schnellen Überlegung während des Falles beschloss ich, notfalls das weisse Leinenkostüm, das schon für meine Auswanderung nach Palästina eingepackt war, anzuziehen. Felix war sehr um seine Braut besorgt und kam ebenfalls die Treppe herabgeeilt. Bis auf eine kleine Wunde am Arm, die er mit Spucke reinigte, war alles heil geblieben. Per Taxi kamen wir dann am Hochzeitssaal an, Felix ging zu den Männern, ich zu den Frauen. Ich stürzte zwischen die Damen und rief: „Mutti ich bin gerade die Treppe heruntergefallen." Kein Einzug einer

Braut! Besorgt wurde ich gefragt, ob alles in Ordnung sei. Diese Hochzeit war sehr unkonventionell, was unseren Eltern nicht so gut gefallen hat. Felix wollte keine Krawatte tragen, ich kein weisses Brautkleid, den Brautstrauss habe ich selbst gemacht und der Rabbiner war ein Freund von Felix und seinen Eltern. Er benötigte eine Erlaubnis um von Hirschberg, wo er tätig war, nach Breslau zu kommen und die Trauung zu vollziehen. Alle Leute waren von der modernen Rede des Rabbiners hellauf begeistert. Ich muss zu meiner Schande gestehen, dass ich mit der Beobachtung der dreijährigen Nichte und des gleichaltrigen Neffen beschäftigt war. Die Kleinen standen vor mir und ihre Unterhaltung war so komisch, dass ich voll darauf konzentriert war, also von der Predigt nichts mitbekam. Der Saal war mit über 400 Leuten so überfüllt, dass der Wirt niemanden mehr hereinlassen durfte. Die Brautschauenden setzten sich zusammen aus dem Freundeskreis meiner Eltern und aus Logenbrüdern und -schwestern, der Bnei Brit Loge, die schon seit 1936 verboten war. Viele ehemalige Lieferanten meiner Schwiegereltern kamen, ebenso wie Freunde, zum Brautschauen. Der Saal war so voll, dass ich bei der Gratulationskur von den unmöglichsten Leuten abgeküsst wurde, ohne dass ich ausweichen konnte. Felix hingegen hatte sich etwas abseits gestellt, beobachtete aus der Distanz, und amüsierte sich köstlich.

Wir blieben noch ungefähr 14 Tage nach der synagogalen Hochzeit in Breslau. Meine Eltern hatten schon ihre Wohnung in eine kleinere wechseln müssen. Mutti hatte unweit ihrer Wohnung bei einer Bekannten ein Zimmer für uns gemietet. Wir mussten unser Bettzeug selbst mitbringen. Wir kamen also dahin und wie wir so sitzen, sehe ich, wie an der Wand eine Wanze kriecht. Das Bettzeug auf den Knien, weigerte ich mich entschieden, es auf das Bett zu legen oder mich gar in dasselbe zu legen. In dieser Nacht haben wir jeder auf einem Stuhl gesessen, das Bettzeug im Arm, die Kamelhaardecke auf dem Schoss, voller Angst, die Wanzen könnten sich in unseren neuen Sachen einnisten. Morgens früh um sechs sind wir dann völlig übernächtigt nach Hause gekommen. Es war natürlich klar, dass wir da nie wieder hingehen würden. Wir wollten uns aber auch nicht beschweren, weil gerade an dem Tag der Mann dieser Frau abgeholt und in ein Lager gebracht wurde. Jetzt war guter Rat teuer, schliesslich wurden zur

Nacht im Wohnzimmer Matratzen ausgelegt. So verbrachten wir die Nächte bis zu unserer Abreise bei den Eltern.

Rückblick auf die Situation meiner Eltern

Die Grosseltern lebten viele Jahre bei uns. Meine Grossmutter hatte einen Schlaganfall, konnte nicht mehr sprechen und sich selbst behelfen. Oft ging ich zu ihnen. Grossvater war sehr originell. Ich wusste nicht immer so recht, was ich ihm erzählen sollte. Oft bekam ich neue Kleider oder Blusen. Ich ging zu ihm und habe mich vorgestellt, erklärte ihm was ich vorhätte und zeigte ihm, was ich dazu anziehen wolle. Er nannte mich nie Ruth, sondern immer Mutterleben. Er begutachtete also die Sachen und sagte dann mit trockenem Humor: „Mutterleben, am besten ist, du gehst in den Keller, da bleibst du bis morgen frisch." Er war auch schon ein bisschen vergesslich. Am Abend, zehn vor acht, zog er seine grosse Taschenuhr heraus, schaute drauf: „Nun, ich habe noch Zeit!" Diese Sache wiederholte sich bis acht Uhr einige Male. Um acht sagte er: „Nun jetzt werde ich Euch eine Geschichte erzählen: „Ich gehe schlafen. Gute Nacht." – Wenn das Mädchen ihm Kaffee eingoss, dann meinte er: „Fräulein, ich trink ein Tässchen Kaffee, aber das bitt' ich, voll." Vor meiner Hochzeit fragte ich ihn: „Grosspapa, wirst Du noch tanzen auf meiner Hochzeit?" – Ich werd Dir was sagen, Mutterleben: Tanzen kann ich noch, aber das Umdrehen fällt mir schwer." Eine zeitlang hatten wir einen Schrebergarten ausserhalb von Breslau. Eine unverheiratete Schwester meines Vaters, Tante Grete, lebte auch bei uns. Grosspapa ist mit Tante Grete rausgefahren, aber sie hatten den Schlüssel vergessen. Grosspapa, mit seinen über achzig Jahren, ist über den Zaun geklettert. Treppenstufen nahm er immer zwei auf einmal. Wir haben immer viel Freude miteinander gehabt.

1935 feierten wir seinen 85. Geburtstag. Aus diesem Anlass kam meine Tante Frieda aus Kiriat Bialik bei Haifa nach Breslau. Meine Tante lebte bereits zwei Jahre in Palästina. In Deutschland hatte sich die Situation immer mehr zugespitzt. Meine Eltern baten meine Tante, den Anteil ihrer Familie für den Unterhalt der Grosseltern in englischen Pfund in Palästina anzusparen. Die Geschäfte meiner Eltern gingen immer schlechter, die

Wohnungen wurden immer kleiner und am Ende lebten sie bei einer jüdischen Familie gemeinsam mit dem Grossvater in zwei Zimmern zur Untermiete. Grossvater war schon ein bisschen durcheinander und kam mit der neuen Situation nicht mehr zurecht. Er war im 89. Lebensjahr und wieder in einer völlig neuen Umgebung. In der Nähe gab es eine kleine Parkanlage. Dort ging er spazieren, aber er fand nicht wieder nach Haus. Eine jüdische Dame, die beobachtet hatte, wie ratlos er war, half ihm. Irgendwie hat diese Frau es geschafft, ihn nach Hause zu bringen. Worüber haben Juden damals geredet, wenn sie sich trafen? Über Auswanderung. Meine Eltern haben ihr erzählt, dass sich mein Vater in Berlin um illegale Auswanderung beim Hechaluz bemüht hat. Dort hatte er zur Antwort bekommen: was wollen sie in Palästina? Sie werden ihren Kindern dort nur zur Last fallen. Dazu sind sie zu alt. Meine Eltern waren damals beide in den Vierzigern. Die Dame sagte: „Ich werde ihnen eine Adresse geben, das sind allerdings Revisionisten." Das war eine sehr rechtsgerichtete zionistische Bewegung. Meinen Eltern war das ganz unwichtig. Die Hauptsache war: nur noch irgendwie auswandern. Sie haben sich dann an die Adresse in Italien gewandt. Es stellte sich heraus, dass die illegale Auswanderung 46 englische Pfund kosten sollte. Das war sehr viel Geld und musste in Devisen bezahlt werden. Meine Eltern hatten sich darauf verlassen, dass die Familie in Palästina monatlich, wie vereinbart, das Geld zurückgelegt hatte. Sie waren sicher – diese Summe können sie bezahlen. Leider war nichts zurückgelegt, vielleicht haben es auch die Umstände nicht erlaubt. Jedenfalls war das Geld nicht da und wir hatten grosse Schwierigkeiten das Geld aufzubringen. Aber wir haben es mit vereinten Kräften, zum Teil mit Anleihen doch geschafft und an die angegebene Privatadresse geschickt. Meine Eltern sind so mit vielen Schwierigkeiten aus Nazi-Deutschland herausgekommen.

Abschied und Abreise

Ein sehr grosser Wunsch von mir war, einmal nach Wien zu kommen. Ich hatte dort auch Verwandte. Es war damals für deutsche Juden nicht so einfach nach Wien zu fahren. Felix musste nochmals nach Berlin und wir bekamen von dort das OK. über Wien zu fahren. Offiziell begleiteten wir eine Jugendgruppe. Es war Freitagabend, als er zurück kam. Er kam nach Hause und sagte: Ruth ich habe die Erlaubnis. Wir fahren über Wien. Ich habe mich furchtbar gefreut. Wir setzten uns an den Abendbrottisch, machten das Radio an und mussten hören, dass Östereich ins Reich heimgekehrt ist. Wir bekamen einen grossen Schreck. Ausserdem war damit klar, dass unsere Fahrt nun über Budapest gehen müsse. Das Schlimmste war jedoch, dass der Nazismus sich wieder ein Land einverleibt hatte.

Am nächsten Tag ging Felix wieder ins Reisebüro und buchte alles um. Dann kam der Montag und wir fuhren von Breslau ab.

So begann unsere Reise nach Palästina. Der Abschied in Breslau war schrecklich. Felix Eltern, meine Eltern und seine Geschwister waren natürlich am Bahnhof. Das war einschneidend und bewegend. Wir wussten nicht, ob wir uns jemals wiedersehen würden. Die Schwiegereltern, so glaubten wir, werden wir bald wiedersehen. Aber alles andere war ungewiss. Eine gute Freundin brachte uns noch ein Silberschälchen mit Dragees für die Reise an den Zug. Wieder ein Abschied. In Ratibor kam auch eine gute Freundin, Olli, viel älter als wir, die zionistisch sehr tätig war und von der wir auch nicht wussten, ob wir sie je wiedersehen würden. Uns verband ein ganz besonderes Erlebnis mit ihr. Es war am Boykottag in Beuthen. Sie hatte zwei Kinder, ihr Mann hatte schon keine Stellung mehr und sie hatte in Beuthen sehr reiche Geschwister, die ein Büroartikelgeschäft besassen. Sie waren ins Ausland gefahren und hatten sie gebeten, auf das Geschäft aufzupassen. An diesem Boykottag wurde dann das Geschäft zertrümmert und ihr achtjähriger Sohn, der das Ganze mit angesehen hatte, konnte unter Weinen nichts anderes sagen als: warum bin ich Jude, warum bin ich Jude? Er konnte doch das alles gar nicht verstehen. Er bekam einen Nervenzusammenbruch und wurde zu ihren Eltern nach Mährisch-Ostrau gebracht. Ich werde nie vergessen, wie sie zu uns ins Beth Chaluz kam. Sie stand mit dem Kinderwagen im Hausflur, das zweijährige kleine Mädchen an der Hand. Sie war damals völlig fertig. Olli kam also auch an den Zug, um sich von uns zu verabschieden. Ich weiss noch, dass sie mir einen kleinen Strauss Schneeglöckchen zum Abschied geschenkt hat. Glücklicherweise ist sie mit ihrer Familie nach einem Jahr auch nach Palästina gekommen.

Ihren Sohn hatten wir ein Jahr bei uns im Haus, bis die Eltern sich in einem neugegründeten Dorf eingeordnet hatten.

Dann stieg Herr B. ein, der auch ein Zertifikat besass und mit uns in Sde Warburg siedeln sollte. Meistens fuhren die Familienväter mit Zertifikat vor und forderten dann Frau und Kinder an. Diese Möglichkeit nutzte man, um Zertifikate zu sparen. Ich hatte das Glück, gleich mit Felix mitzufahren. Frau B. kam mit der Frau des Rabbiners aus Ratibor, um ihren Mann bis zur tschechischen Grenze zu begleiten. Sie trug einen schwarzen Mantel mit grossem Persianerkragen. Mit theatralischer Geste, indem sie sich immer auf die Brust schlug, rief sie immer wieder: „Frau Tauber, passen Sie auf meinen Mann auf. Das überlebe ich nicht." Die ganze Frau Tauber war damals 18 $\frac{1}{2}$ Jahre alt und kam sich schon schrecklich komisch vor, wenn jemand sie mit Frau Tauber ansprach. Beide Damen sind vor der tschechischen Grenze ausgestiegen. Dann begann die Abschiedsszene von neuem. Ehe wir zur tschechschichen Grenze kamen, kam der deutsche Zollbeamte herein. Er war sehr arrogant und sagte uns in beleidigendem Ton: Jetzt können sie noch sagen, wo sie die 100.000 RM versteckt haben. Wir waren froh, dass wir anstatt 10RM 60RM zur Mitnahme bewilligt bekommen hatten. Er hat uns den Abschied von Deutschland leicht gemacht. Wir fuhren weiter zur tschechischen Grenze. In Mährisch-Ostrau stieg ein Bruder von Herrn B. zu, der schon in die Tschechoslowakei emigriert war. Froh, dass diese Episode vorrüber war, beruhigten wir uns. Beide Brüder waren ausserordentlich originell, so dass wir auch manchmal Grund zum Lachen hatten. Der Bruder hatte eine grosse gebratene Gans mitgebracht. Aber wir konnten trotz unseres Galgenhumors nichts davon essen. Der Abschied und die gesamten Umstände waren so grausig, dass uns der Appetit vergangen war. Er fuhr bis zur ungarischen Grenze mit. Wir wussten, dass an der ungarischen Grenze viele, trotz Zertifikat, aus den Zügen geholt und interniert wurden. Sie wurden zum Teil später wieder freigelassen. Aber wir sahen dieser Grenze doch mit grösster Besorgnis entgegen. Zum Glück ist uns nichts dergleichen passiert. Der ungarische Grenzbeamte konnte sich allerdings die zynische Frage nicht verkneifen, warum wir denn weg wollten, ob es denn nicht „scheen" in Deutschland sei. In Budapest sind wir dann ausgestiegen und haben im Parkhotel, das schon von Deutschland aus bezahlt war, gewohnt. Ich trug ein Kostüm und einen teuren Hut auf dem Kopf. Meine Mutter war der Ansicht, dass eine verheiratete Frau einen Hut besitzen müsse. Mit diesem Hut hatte ich mich schon in Kreuzburg bei einem Besuch bei meinen Schwiegereltern geniert. Dort hatte ich ihn mir kurz vor dem Haus vom Kopf gerissen, denn ich kam mir damit ungeheuer lächerlich vor. Ich war ein nettes junges Mädchen und empfand diesen Hut eher wie eine Verkleidung. Später habe ich dann diesen grünen Hut, der passend zum Kostüm war, für Purim, ein Fest an dem man sich verkleidet, umgearbeitet. Viele Acssecoires, die Zeichen früheren Wohlstandes waren, fanden später bei Purim Verwendung.

Im Parkhotel in Budapest sagte jeder zu mir, „Küss' die Hand gnädige Frau." Ich bin fasst gestorben vor Scham, denn ich fühlte mich doch noch nicht so alt und schon gar nicht als „Gnädige Frau". Wir blieben dort eine Nacht und gemeinsam mit Herrn B. beschlossen wir, eine Sightseeing-Tour in Budapest zu machen. Er war schon älter und versierter im Reisen. Wir leisteten uns jedenfalls kein Mittagessen, nur wunderbare weisse Brötchen, die es in Deutschland schon nicht mehr gab. Mutti hatte uns sinnvoller Weise eine ungarische Salami mitgegeben. So konnten wir uns die Sightseeingtour leisten. Wir fanden Budapest so wunderbar, dass wir beschlossen, unsere Silberhochzeit in Budapest zu feiern.

25 Jahre später 1963 haben wir die Silberhochzeit in Eilat gefeiert. Damals war die Strasse noch nicht fertig und wir kamen weiss bemüllert von Sand und Staub dort an. Die anderen Sde Warburger schliefen in einer Jugendherberge. Wir haben uns zu Ehren der Silberhochzeit ein Hotelzimmer geleistet, das aber noch ziemlich primitiv war. Wir waren aber schon glücklich über unsere eigene Dusche.

Als ich nach 58 Jahren, Felix war bereits tot, wieder mal nach Deutschland flog, hatten wir unvorhergesehen einen mehrstündigen Zwischenaufenthalt in Budapest. Ich sass dort im Flugzeug fest. Leider habe ich nichts von Budapest gesehen. Aber ich konnte mich erinnern, dass ich genau vor 58 Jahren mit Felix in Budapest war.

Die Reise nach Palästina führte uns weiter mit dem Zug nach Triest. Ich war sehr müde und die grauen Holzbänke des italienischen Zuges waren so hart. Ich muss wohl eingeschlafen sein. Als ich wieder aufwachte, hatte

Herr B. seinen Mantel über mich gelegt, mich also väterlich verwöhnt. Als wir in Triest angekommen waren, gingen wir zum Hafen in eine riesige Halle. Dort kamen dann alle möglichen Leute auf Felix zu. U.a. ein Wissenschaftler, der ein hebräisches Lehrbuch herausgegeben hatte und Felix noch aus Deutschland kannte. Ausserdem auch Leute, die mal in Oberschlesien auf Hachschera waren.

Ungewöhliche Hochzeitsreise

Wir reisten auf dem Schiff „Palästina" in der Touristenklasse. Deshalb hatten wir getrennte Kabinen. Ich war mit zwei Frauen und einem Baby in einer Kabine. Felix war mit drei Männern und einem kleinen Jungen in einer Kabine. Vor Kreta wurde ich furchtbar seekrank. Bis dahin hatte ich nicht gewusst, was es bedeutet seekrank zu werden und dass es vor Kreta so stürmisch sein würde. Ich habe mich zu Tode gekotzt, hatte jedoch gehört, man müsse in jedem Fall wieder essen. Also habe ich tapfer gefrühstückt und mir natürlich dann wieder die Seele aus dem Leib gekotzt. Ich dachte ich müsse sterben. Lang ausgestreckt lag ich im Liegestuhl auf dem Deck, weil der Kapitän des Schiffes uns das als Linderung gegen die Seekrankheit geraten hatte. Nachdem sich das Meer beruhigt hatte, ging es mir schon wesentlich besser. Zu unserer Clique auf dem Schiff gehörte auch ein sehr netter Engländer, Mister K., der mich sehr verehrte. Damals konnte ich so gut englisch, dass ich ihm zu Beginn der Fahrt den Film „Königin Christine" mit der Garbo simultan aus dem Deutschen übersetzen konnte. Diesen Herrn dauerte meine Seekrankheit dermassen, dass er mir, während ich so lag, Kölnisch Wasser über das Gesicht träufelte. Er war sehr erschrocken über mein Aussehen. Mittags ging es mir besser. Der Steward brachte mir ein Sandwich. Nachdem ich es, ausgehungert wie ich war, gegessen hatte, verbesserte sich mein Zustand schlagartig. Abends hatten wir dann einen Tanztee. Mister K. hat sich so darüber gefreut, dass ich wieder lebendig war, dass er mich zum Tanz aufforderte. Er hätte dem Alter nach mein Vater sein können. Ich konnte dem Mann nicht nein sagen, weil ich sehr höflich war. Allerdings konnte ich gar nicht tanzen. Er meinte, das tue überhaupt nichts, Hauptsache, es ginge mir wieder besser.

Felix hat mir dann eine Eifersuchtsszene gemacht. Dabei war gar nichts dabei. Ich war so anständig, man kann sich gar nicht vorstellen, wie anständig. Schliesslich hatten wir doch sogar getrennte Kabinen.

Ankunft in Palästina

Am 21.März 1938 sind wir in Haifa angekommen. Mein erster Eindruck waren diese schrecklichen Gepäckträger, Hauraner, die einem alles aus der Hand gerissen haben, ob man wollte oder nicht. Mein Onkel hat uns empfangen und die ersten drei Wochen haben wir in Kirjat Bialik bei meiner Tante in der Nähe von Haifa gewohnt. Eigentlich ging es ihnen in dieser Zeit gar nicht so gut, aber sie waren immer gastfreundlich. Wir haben uns dort stets sehr wohlgefühlt. Es war unser zweites Zuhause. Wir sind mit dem Handgepäck und einem Schrankkoffer angekommen, in dem ausser Kleidung, ein bisschen Bettwäsche und alles fürs Erste war. Der Lift, eine Art Container aus Holz, mit allen anderen Sachen und Möbeln, kam später.

Kfar Sava

Nach drei Wochen fuhren wir nach Kfar Sava. Das war ganz nah an unserem Siedlungsort. Meine Tante Frieda riet uns, eine Ptilia zu kaufen. Das war ein kleiner Dochtkocher. Die frommen Juden haben das als Shabbatkocher die ganze Nacht brennen gehabt. Das Ehepaar P., das auch aus Deutschland gekommen war und mit uns siedelte, hat dann gemeinsam mit uns in Kfar Sava eine Wohnung gemietet. Sie war eine mütterliche Freundin. Sie waren fromm. Sie schlug vor, den Haushalt zusammen zu führen, da ich fürs Erste ein wenig Sachen mit hatte. Da sie neu waren galten sie als koscher. Nun, ich hatte doch sowieso keine Ahnung von Haushalt. Zu meiner Hochzeit hatte ich eine Basttasche geschenkt bekommen und ich wollte damit in Kfar Sava einkaufen. Kfar Sava war damals wie ein verlassenes Goldgräbernest. In der Mitte des Ortes sind die Esel einer nach dem anderen herumgelaufen und haben vor sich hin geschrien. Es war einfach furchtbar komisch. Für mich ein Erlebnis. Ich suchte ein sauberes Lebensmittelgeschäft. Kann gar nicht sagen, wie alles aussah, nun ich war doch deutsche Verhältnisse gewöhnt. Schliesslich habe ich ein Geschäft gefunden, das einigermassen annehmbar war. In einer kleinen Pflanzung habe ich dann einige Grapefruit und Orangen gekauft, für einen Piaster. Der Piaster hatte ein Loch, das hat mir so imponiert, dass ich ihn als Schmuck an einen Gürtel gebunden habe, den mir Felix in Budapest gekauft hatte. Ich war doch noch ein halbes Kind. Den ungarischen Gürtel, der aus Jute und mit Herzchen aus Filz bestickt war, habe ich noch so lange gehabt, bis sich der Filz aufgelöst hat. Mit Familie P. haben wir manches erlebt. Wir wohnten mit ihnen in einer Zwei-Zimmer Wohnung mit Bad, da wo heute das Theater von Kfar Sava steht. Das war eine Wohnung in einem Zweifamilienhaus im ersten Stock. Frau P.übernahm die Küche. Die Männer sind schon zur Aussenarbeit nach Sde Warburg gefahren, die Häuser waren im Bau. Aber für die Frauen gab es noch nicht so viel Arbeit. P.'s waren wie gesagt sehr fromm, aber Felix hat Herrn P. erwischt, wie er beim Morgengebet auf der Terrasse stand, und ebenso intensiv in unsere Fensterläden schaute, um mir beim Anziehen zuzuschauen. Felix hat ihm dann gesagt:" Du tust so fromm und heimlich schaust Du meiner Frau beim Anziehen zu." Wir haben darüber noch sehr gelacht. Shabbat haben sie kein Licht angemacht. Aus Frömmigkeit. Also hat Frau P.gesagt: „Felix, wenn Du bei uns durchgehst und siehst noch ein Licht..." Man muss wissen, dass es eine grosse Sünde ist, wenn eine Jude einen anderen Juden als Shabbes-goi benutzt. Felix hat immer so getan als ob er das gar nicht hört. Am Shabbatabend das gleiche. Frau P. ruft: „Felix, wenn Du bei uns noch Licht siehst…" Und mein Felix antwortete: „Lass mich, ich schlafe." Das ging noch ein paar mal so, bis Frau P.sagen musste: „Felix mach doch bitte das Licht aus." Damit hatte sie noch mehr gesündigt, als wenn sie es ausgeknipst hätte. Aber im allgemeinen kamen wir gut mit P.'s aus.

An einem Freitag kamen meine Tante Frieda und mein Onkel Ernst zu Besuch. Grosse Überraschung. Beide haben wir sehr geliebt. Onkel Ernst war ein grosser Witzbold und es war ein sehr lustiger Abend. Wir hatten unsere Ptilia an. Aber leider ging sie aus. Und es gab kein Frühstück. Onkel Ernst hat dann gesagt: Zum Teufel nochmal, was ist denn hier los? Frau P. musste nun eingestehen, dass die Lampe ausgegangen war und es deshalb kein warmes Wasser gab. Als sie dann später in der Synagoge waren, hat meine Tante den Kocher wieder angezündet. Ansonsten waren P.'s sehr nett und hochanständig. Sie hatten keine Kinder und haben darunter sehr gelitten. Später in Sde Warburg wurde ich gemeinsam mit ihr und anderen im Schiessen ausgebildet. Als wir einmal nach der Ausbildung im Mondschein nach Hause gingen, sagte sie: „Theoretisch kann mein Mann noch alles." Das wurde dann zu einem geflügelten Wort bei uns. Er ist zeitig gestorben und sie hat später nochmal geheiratet.

Einmal ist mir in der Wohnung in Kfar Sava etwas schreckliches passiert. Es gab doch nicht immer Wasser. Also wollte ich in der Badewanne Wasser speichern. Ich weiss nicht mehr warum, jedenfalls habe ich vergessen, dass Wasser abzustellen und das Wasser lief die Treppe herunter. Ich hatte grosse Angst, was wohl die Wirtsleute sagen und was uns das kosten würde. Sie waren aber sehr anständig. Sie sind dann jedenfalls raufgekommen und ich habe schnell das Wasser abgestellt. Ich war doch noch so jung und alles nicht gewöhnt. Ich habe Todesängste ausgestanden. Später sind wir nach Sde Warburg, für sechs Wochen zu einer anderen Familie gezogen; Ihr Haus war schon fertig. Wir blieben dort bis unser Haus fertig war. Als Onkel Ernst und Tante Frieda bei uns waren, machten wir einen Besuch bei ihren Bekannten in Ramataim, ca. acht bis zehn Kilometer entfernt. Wir sind von Kfar Sava aus gelaufen. Wenn man bedenkt, was wir damals gelaufen sind, es war heiss und es gab kein Auto, es war ein lustiges Weekend mit den beiden.

Was alles passieren konnte

Wir haben auch immer versucht Bargeld zu sparen. Wir brauchten es doch für Elternzertifikate, z. B. als meine Eltern sich entschlossen hatten, illegal ins Land zu kommen. Felix hat sehr gearbeitet, ist noch auf Aussenarbeit gegangen. Wenn man mal etwas extra brauchte, hat man auch mal etwas verkauft, was nicht lebenswichtig war. Händler kamen ins Haus. So habe ich eine Kristallschale meiner Schwiegermutter verkauft, um dafür ein kleines Gerät zum Heizen des Badeofens mit Petroleum zu erstehen, da wir nicht genug Holz hatten. Also alles, was nur irgend entbehrlich war, hat man verkauft. So hörte ich von einer Breslauer Bekannten, die aus einem sehr wohlhabenden Hause stammte, dass die Mutter ihr eine Brotmaschine mitgegeben hatte. Leider hatte sie ihren Töchtern nicht gesagt, dass in dem Holzteil der Brotmaschine sehr wertvoller Schmuck versteckt war. Diese Leute haben genau wie wir und wie viele Andere entbehrliche Sachen verkauft. So ging auch die Brotmaschine weg. Nach dem Krieg kam eine Tante und sagte ihnen: „Ihr müsst die Brotmaschine aufmachen, denn da drinnen hat Eure Mutter Brilliantschmuck versteckt." Die Töchter hatten keine Ahnung mehr, an wen sie diese Brotmaschine verkauft hatten und so ist dieser wertvolle Schmuck verloren gegangen.

Vor dem Krieg konnte man noch Päckchen schicken. So bekam jemand aus unserem Dorf ein Päckchen mit einem Glas selbstgemachter Marmelade. Die Marmelade war zwischenzeitlich auf dem langen Postweg verdorben. Also haben sie das Glas mit der Marmelade auf den Mist geworfen. Als später Verwandte eingewandert sind, fragten sie, ob sie Mutters Schmuck in der Marmelade gefunden hätten. Also hat der arme Mann tagelang in der Mistgrube gegraben, aber er hat das Glas nie wieder gefunden. So sind manche Dinge, die noch mühsam herausgeschmuggelt wurden, erst hier in Palästina verlorengegangen. Wir waren noch jung und haben manchmal darüber gelacht, obwohl es natürlich nicht zum Lachen war. Man hätte sich mit den Wertsachen ganz schön helfen können.

Wir hatten hier ein Siedlerpaar aus sehr gutem Berliner Haus. Die Frau hatte soviel Schmuck in der Vitrine herumliegen, dass ich nicht glauben konnte, dass er echt sei. Ihr Mann war leider nicht so fleissig und so hat er so nach und nach ein Stück nach dem anderen verkauft und hat sich seine Wirtschaft lieber bearbeiten lassen. Felix hat dort auch die Bäume gewässert. Dieser Siedler war sehr musikalisch und hatte eine ganz ausgezeichnete Schallplattensammlung aus Deutschland mitgebracht. Freitags abends waren wir sehr oft dort eingeladen. Seine Frau und ich, wir waren todmüde, hingen jede in einer Couchecke. Die Männer haben bis spät in die Nacht Musik gehört und über Musik geredet. Schnell hat er aus einem grossen Vermögen ein kleines gemacht. Er war ein sehr begabter, netter und hochintelligenter Mann. Er ist sehr viel später wieder nach Berlin zurückgegangen und hat einen seiner Intelligenz entsprechenden Beruf gefunden.

Anfang in Sde Warburg

Die Rasco, unsere Ansiedlungsgesellschaft, hatte uns ein Haus zu bauen. Es hatte zwei Zimmer, Diele, Küche, Terrasse und Bad. Sie hatte uns einen Schuppen, der später unser Kuhstall war, zwei Hühnerställe, dazu 400 Hühner und ein Aufzuchtshaus zu erstellen. Dazu gehörten auch die Installationen für Haus und Farm. Am Anfang nannte man uns nach der Siedlungsgesellschaft „Rasco". Unser Dorf hatte noch keinen Namen. Später wurde es nach dem Wissenschaftler, Otto Warburg, benannt. Die offizielle Gründung Sde Warburgs war am 1.7.1938. Der Name Sde Warburg bedeutet: die Felder Warburgs.

Von den Siedlerversammlungen der ersten Zeit sammelten wir die Stilblüten. Als der erste Siedler starb, musste man an einen Platz für einen Friedhof denken. In der Siedlerversammlung sprach man darüber. Ein Siedler sagte: „Ich möchte so beerdigt werden, wie ich es von zu Hause gewöhnt bin." Wir sammelten die Bonmots. Ein anderer Siedler, der mit Fremdwörtern auf Kriegsfuss stand, sagte z.B. einmal: „In Palästina hat man mir alle Illustrationen genommen." Wir behielten das in unserer Umgangssprache dann aus lauter Spass bei und es wurde zu einem geflügelten Wort. Als wir die erste Kindergärtnerin engagieren wollten, gab es auf einer Siedlerversammlung wieder Diskussionen, wen man nehmen könnte und wie sich die übrigen Dinge gestalten sollten. Dieser selbe Siedler sagte: „Am besten wäre doch so eine alte Nurse." Dabei sprach er das Wort so aus, wie es geschrieben wurde und nicht in der englischen Aussprache. Über solche Dinge haben wir uns natürlich köstlich amüsiert. Es gab schliesslich weder Radio, Fernsehen noch Kino, so dass wir oft über uns selber lachten.

In der ersten Zeit hatte man weder Zeit noch Geld, um in das nahe gelegene Städtchen Kfar Sava zum Friseur zu fahren, zumal nur morgens und abends ein Bus fuhr. Es gab hier auch einen Siedler, der von sich sagte er könne Haare schneiden. Das sah so aus: Er hatte auf der Terasse einen

Spiegel hängen und Männlein und Weiblein sind zu ihm zum Haareschneiden gegangen. Sehr erfolgreich war er nicht. Und ein anderer Siedler, der in Deutschland Schauspieler war, tat den treffenden Ausspruch: „Nichts kann das Antlitz einer Siedlung so verändern, wie ein Haarschnitt von F." Später sind wir dann doch lieber nach Kfar Sava zum Friseur gefahren. Unser Leibfriseur war in Deutschland auch Tanzmeister. Meine erste Begegnung mit ihm prägte sich so bei mir ein, dass ich das Bild noch heute vor Augen habe. Wahrscheinlich hatte er keine Arbeitssachen von Deutschland mitgebracht. Als er zur Arbeit kam, trug er als Sonnenschutz ein Taschentuch auf dem Kopf, das an allen vier Ecken geknotet war, ein Oberhemd, einen lila Schlüpfer seiner grösseren Frau, dessen Hosenbeine ihm bis zu den Knien reichten und die als Abschluss ein Gummizug zierte. Seine dünnen Beine steckten in fleischfarbenen Seidenstrümpfen. Man kann sich vorstellen, dass wir uns köstlich über diesen Anblick amüsiert haben. Später trug er richtige Arbeitskleidung. Nicht alles war lustig, aber unser Humor hat uns in dieser Zeit über viele Dinge hinweggeholfen.

Haganah

Meine Erziehung war sehr pazifistisch und humanistisch. Ich kann mich nicht erinnern, dass ich jemals in Deutschland einen Schuss hörte. Die ersten Schüsse meines Lebens hörte ich kurz nach unserer Ankunft in Haifa. Als wir dann hierher in die Häuser und auf den Boden kamen, mussten wir natürlich Wache halten. Wir wurden alle militärisch durch die Haganah, eine jüdische Untergrund-Miliz zur Selbstverteidigung der jüdischen Bevölkerung in den Städten und Dörfern, militärisch ausgebildet. Sie wurde von den Engländern je nach Bedarf mehr oder weniger geduldet. Jeder, der irgend konnte, leistete seinen Beitrag zur Verteidigung Palästinas in der Haganah, aus der sich später die israelische Armee entwickeln wird. Bis zur Gründung des Staates Israel waren wir für die Haganah aktiv.

Der erste und einzige Schwur meines Lebens war der Treueeid für die Hagana. Das fand im grossen Futterlager statt. Es war für mich eine aufregende Sache. Jemand kam ganz speziell dafür und bildete uns dann auch aus. Damals konnte ich im Dunkeln ein Gewehr und Revolver auseinandernehmen und zusammensetzen. Wir mussten die Waffen putzen. Da ich keine Kinder hatte, war ich in einem Stosstrupp. Das war eine Selbstverständlichkeit, aber es war eigentlich nicht so meine Sache. Einige von uns wurden auch in Erster Hilfe ausgebildet, so auch ich. Ich hatte auch eine kleine italienische Pistole, eine Beretta. Palästina war britisches Mandatsgebiet. Sehr nah von uns war die jordanische Grenze. Wir waren von Arabern umgeben, die uns absolut nicht freundlich gesinnt waren. Es gab auch Überfälle. Nicht weit von hier war ein arabisches Dorf und von dort kamen arabische Infiltranten. Eines Abends haben wir ein Geraeusch am Kuhstall gehört. Mein Mann wollte die Fensterläden aufreissen und schiessen. Ich konnte ihn gerade noch davon abhalten, denn sonst hätte er sich doch zur Zielscheibe gemacht. Er hat dann durch den geschlossenen Fensterladen geschossen. Am Morgen haben wir draussen Blutspuren gesehen. Der Fensterladen war noch jahrelang durchschossen, bis wir uns die Reparatur leisten konnten. Offiziell durften nur die Wächter eine Waffe zur Verteidigung haben. Alle Waffen die angeschafft wurden, musste das Dorf aus eigener Tasche bezahlen. Das war für alle Siedler eine grosse finanzielle Belastung. Diese Waffen wurden auch sehr oft versteckt, denn wenn die Engländer bei Durchsuchungen diese Waffen fanden, wurden hohe Strafen verhängt. Ich kann mich sehr gut erinnern, dass mein Mann manche Nacht nicht nach Hause kam, weil wieder Waffen vergraben werden mussten. Er und ein sehr guter Freund, mit dem er auch musizierte, waren für die Waffen verantwortlich. Sie wurden eingefettet in grosse Milchkannen gelegt und aus Sicherheitsgründen durften nur ganz wenig Leute wissen, wo diese Waffen tief vergraben waren. Oft gab es Durchsuchungen von Engländern. In einem Nachbarkibbutz wurden dabei sogar die Fussböden aufgenommen. Also, wenn wir wussten, in der Umgebung waren wieder Durchsuchungen, dann hat man natürlich auch bei uns Vorsichtsmassnahmen ergriffen. Bei unseren Freunden habe ich in der Waschküche meine Wäsche gewaschen. Sie hatten schon eine Waschmaschine. Ich war gerade dabei, den Ofen sauber zu machen. Felix kam sehr aufgeregt mit einigen Revolvern. Ich habe sie im Ofenloch versteckt und etwas Holz davor geschichtet. Man war sehr erfinderisch, denn wir mussten uns doch schützen. Diese Durchsuchungen durch englische Soldaten waren an der

Tagesordnung und sie haben uns grosse Sorgen bereitet. Sie trugen rote Mützen und wir nannten sie deshalb die „Rotkäppchen". Sie mussten wohl einen ganz bestimmten Plan gehabt haben, nachdem sie die Durchsuchungen vornahmen. An unserem Zaun jedoch muss ihre Grenze gewesen sein. Ein Engländer stand da als Posten. Ich habe mich mit dem Engländer lange Zeit ganz friedlich unterhalten und habe ihn damit natürlich auch abgelenkt.

Arbeit im Dorf

Das Futter für die Hühner wurde natürlich damals nicht geliefert, sondern man musste es sich vom Futterlager selbst holen. Zum Glück war es ganz in unserer Nähe. Felix schleppte also die 120 kg Säcke mit den Körnern auf dem Rücken und rief schon auf dem Weg nach mir, dass ich helfen solle, sie ihm abzunehmen und in die Futtertonnen zu entleeren. Das war für uns eine schwere Arbeit. Wir kamen also auf die Idee, uns einen Esel zu kaufen. Ein Araber, Achmed, der uns auch mit anderen Sachen belieferte, versprach uns, einen Esel zu besorgen. Wir kauften bei ihm auch manchmal ein Rottel frische Feigen. Das war ein Mass, dass etwas mehr als 2 kg entsprach. Es gab verschiedene Rottel, z.B. ein Haifa-Rottel und eins aus Tel Aviv. Dabei gab es Unterschiede von ca. 200 Gramm. Er brachte auch Stroh zur Einstreu. Eines Tages kam er mit einem Esel an. Der Esel war ganz jung und er hat uns ganz gut gefallen. Er sollte mehr als ein englisches Pfund kosten, was für uns viel Geld war. Nach etwas Handeln bekamen wir ihn schliesslich für ein Pfund und wurden stolze Eselsbesitzer. Wir hatten bisher keinerlei Erfahrungen mit Eseln. Nun, er war uns sehr sympathisch und ich taufte ihn Robert Quellauge, weil er hervorstehende Augen hatte. Er war unser zweites Haustier. Wir hatten schon einen kleinen Hund, Knässchen, der wenn Felix Flöte spielte, ganz gotterbärmlich dazu sang. Wir fanden, dass man einen so jungen Esel nicht so belasten könne und so schleppte Felix die Säcke weiter wie bisher. Unsere Baumparzelle war recht weit vom Haus entfernt und wir mussten, um zu wässern, durch tiefen Sand stapfen und waren schon bei der grossen Hitze müde und kaputt, wenn wir dort ankamen. Robert Q. sollte die Sache erleichtern. Da der Esel aber nicht sehr hoch war, reichten Felix Beine bis auf die Erde und so nannte man ihn allgemein den sechsbeinigen Esel.

Als der Krieg ausbrach, nahm Felix an, dass er auch eingezogen werden würde. Und so war er der Auffassung, dass ich, für den Fall, dass er nicht da sei, pflügen lernen müsse. Ausserdem wollten wir uns ersparen, jemanden für die Pflugarbeiten zu nehmen. Es gab einen Hilfssiedler, der sich damit ernährte, die Pflugarbeiten zu verrichten. Es ging ihm eigentlich viel besser als uns. Das kostete natürlich Geld. Geld war sehr rar. Felix war der Überzeugung, dass Robert und ich ganz bestimmt noch pflügen lernen würden. Ich sollte Robert führen und Felix hielt den Pflug in der Hand. Der Esel war weder geeignet noch besonders willens zu pflügen. Das war für mich eine der schlimmsten Sachen. Robert wollte seine eigenen Wege gehen, nur nicht geradeaus. Felix schimpfte nicht mit Robert, sondern mit mir. Und so habe ich manche Träne vergossen. Ein Freund aus Deutschland, der hier in der Nähe in einem Kibbutz war, kam oft als mein rettender Engel, wenn er plötzlich bei uns erschien. Er hat mich dann von der Feldarbeit erlöst. Ich hatte doch auch viel im Haus zu tun. Ich musste frühzeitig aufstehen und eine grosse Hausfrau war ich noch nicht. Wir hatten nicht immer Wasser, aber immer viel Abwasch. Immer wenn Gäste kamen und mich fragten, wie können wir Dir helfen, habe ich gesagt:"Wenn Wasser kommt, spült ab." Und viel edles Geschirr hauchte dabei sein Leben auf dem Steinfussboden aus.

Die Instruktoren

In unserem Budget waren Zahlungen an Instruktoren enthalten. Viele Menschen, die hierher kamen, hatten doch von Landwirtschaft überhaupt keine Ahnung. Ein paar jüngere hatten schon in Hachschera in Gärtnereien oder bei Bauern in Deutschland gearbeitet. Die älteren Leute kamen aus ganz anderen Berufen und mussten irgendwie in Landwirtschaft unterwiesen werden.

Als wir anfingen, gab es grosse Frühbeete, wo man sich Pflanzen holen konnte. Ich ging also zu dem Instruktor, um mir Salatpflanzen zu holen. Er ging mit mir zu einem Frühbeet und wollte mir Pflanzen geben, die keine Herzblätter hatten. Durch meine Arbeit in der Gärtnerei in Deutschland wusste ich, wie ein Setzling aussehen muss. Ich sagte ihm, dass ich diese Pflanzen nicht nehmen möchte, weil sie keine Herzblätter haben. Er meinte, ich würde das nicht verstehen, das sei eben in Palästina anders. Ich getraute mir damals nicht zu widersprechen. So nahm ich die Setzlinge und pflanzte sie. Der Erfolg war gleich Null. Die Pflanzen schossen ins Kraut ohne Köpfe zu bilden. Als ich sie ernten musste, waren sie nur noch Futter fürs Vieh.

Es gab auch einen Instruktor für die Hühnerzucht. Er trug einen Tropenhelm, ging ganz in Khaki und immer mit der Pfeife im Mund. Immer wenn wir merkten, ein Huhn ist krank, dann baten wir ihn zu kommen. Herr Mendelsohn kam bedächtig, ging nie schnell. Zu Felix sagte er dann auch: „Herr Tauber, sie werden auch noch langsamer gehen." Herr Mendelsohn kam. Wir zeigten ihm das betroffene Huhn, manchmal war es auch schon tot und wollten natürlich wissen, woran es gestorben sei. Er schnitt es auf, schaute es sich bedächtig an und sagte dann ganz trocken in Jiddisch: „Ä innerliche Kränk hat's gehabt." Nun waren wir genauso klug, wie vorher. 400 weisses Leghorn, eine ganz überzüchtete Hühnersorte, war unser Start. Das waren keine fleischigen Hühner, sie sollten besonders für die Eierproduktion geeignet sein. Sie waren völlig überzüchtet und nervös und wenn man manchmal ein Huhn schlachten musste, war kaum Fleisch dran und meistens war es blau. Ich lernte von einer älteren Siedlerin, die wir jungen Frauen alle sehr verehrten und liebten und die wir Mutter Walter nannten, wie man ein Huhn schlachtet und ausnimmt. Denn wenn so ein Huhn nun schon kurz vor seinem Ende war, wollten wir es doch wenigstens noch essen. Das ging so nach dem Motto: Ein Huhn isst der Bauer nur, wenn das Huhn oder der Bauer krank ist.

Für Baumpflanzungen gab es auch einen Instruktor. Der kam aus Galiläa, wo das Klima für Äpfel und Birnen geeignet war. Auf seinen Rat pflanzten wir Äpfel, Birnen und auch Weintrauben. Die Baumplantage war ziemlich weit von unserem Haus entfernt. Im Sommer wateten wir durch den tiefen Sand, denn wir mussten doch wässern und auch andere Arbeiten verrichten. Nach vier Jahren, die Bäume trugen nur spärlich, stellte man fest, dass unser Boden nur für Citruspflanzungen geeignet sei. Wir hatten also nicht nur sehr viel Mühe und Arbeit, sondern auch Geld umsonst hineingesteckt. Diese Fehler wurden auf unsere Kosten gemacht und wir mussten das Lehrgeld zahlen. An diesem Verlust war niemand ausser uns beteiligt. Später haben wir dann Citrusbäume gepflanzt. Grosse Einnahmen hatten wir nicht durch unsere Wirtschaft.

Elektrizität – Fatales Weekend

Als wir in unser Haus gezogen waren, hatten wir in der ersten Zeit keine Elektrizität. Alle redeten schon davon, dass wir Strom bekommen sollten, sobald die ersten Häuser fertig seien. Vati fragte in einem Brief an, ob wir denn so fett essen, weil die Briefe voller Fettflecke seien. Das lag aber an der Petroleumlampe, bei deren Licht sie geschrieben wurden.

Ein Shabbat ist mir noch ganz besonders unvergesslich. Einer, der mit uns diesen Shabbat erlebte, war unser Pensionär. Er war ein Siedler, der auf ein Einzelzertifikat aus Deutschland herausgekommen war. Frau und Töchter hatte er angefordert. Ich hatte ihn vorgewarnt, dass ich nicht so gut kochen könne. Das schreckte ihn nicht ab. Bei der Familie, bei der er bisher ass und die furchtbar geizig war, hatte er nicht immer genug zu essen bekommen. Er war daher nicht anspruchsvoll, aber sehr froh, sich satt essen zu können. Wir hatten eine sehr schöne Freundschaft mit ihm.

Oft haben wir abends auf der Terasse gesessen und Kanons gesungen, denn er hatte eine sehr schöne Stimme. Tante Frieda und meine Schwester hatten sich für das Wochenende zum Besuch angemeldet. Ich hatte mich auf sechs Personen eingerichtet, da noch ein Freund aus Sde Warburg bei uns essen sollte. An diesem Wochenende sollten wir auch Elektrizität bekommen. Wir hatten noch kein Eis und es war sehr warm. Immer wenn ich den Hügel hinaufschaute, kam noch jemand. Zum Schluss hatten wir noch fünf zusätzliche Gäste. Mir wurde himmelangst. Jetzt waren wir elf. Mit meinen 19 Jahren hatte ich auch noch keine Übersicht, was man bestellen musste. Im Dorf gab es noch keinen Laden. Aus dem Nachbardorf kam eine Frau, Hanna, mit einem grossen Esel, der grosse Seitentaschen hatte. Das war unsere fahrende Grosserie. Hanna lieferte mir Freitag früh. Ich sagte ihr, was ich alles vergessen hätte. Sie versprach mir, alles bis nachmittag zu schicken. Unsere Siedlung hatte ein Lastauto, das Freitag nachmittag von Tel Aviv kam. Sie versprach mir, an die Strasse zu gehen und ein Kistchen mit den bestellten Waren dem Auto mitzugeben. Das hat mich etwas getröstet. Sechs zusätzliche Gäste, keine besonders gute Hausfrau – ich war einem Nervenzusammenbruch nahe. Tante Frieda und meine Schwester Hanne sprachen mir gut zu und beruhigten mich. Tante Frieda machte den Vorschlag, einen grossen Gemüsegulasch von eigener Ernte zu machen und das Fleisch reinzuschneiden. Ich war sicher, ich hatte kein Fleisch und sagte das auch. Immer wieder sprach sie von einer halben Unze (ca.100 Gramm) Fleisch, die sie in den Gemüsegulasch schneiden wolle. Und ebenso oft erwiderte ich, dass ich kein Fleisch hätte. Was war passiert? Mit dem Lastauto war die Frau eines Hilfssiedlers mitgetrampt, der bei uns die Pflugarbeiten machte und dem es finanziell gut ging. Sie hatte sich in Tel Aviv etwas Fleisch und etwas Schinken gekauft und es offenbar auf das Kistchen gelegt. Jetzt war ich erst recht in höchsten Nöten. Den Schinken konnten wir zurückgeben, aber das Fleisch war schon gekocht. Felix musste ihn hinbringen und sich entschuldigen, natürlich auch das Fleisch bezahlen. Das, obwohl wir immer knapp dran waren und kaum Bargeld im Haus hatten. Zum Glück hatte die Chawera (Siedlerin) Verständnis für unsere Lage. Diese Versorgungssituation hatten meine Tante und meine Schwester gerettet. Es war abend und endlich sollte Elektrizität kommen. Plötzlich wurde es hell und wir waren alle ganz weg. Dann wurde es wieder dunkel. Es wechselte mehrfach. Der Nachbar kam und fragte ganz aufgeregt: „Kocht ihr Kühlschrank auch?" – Unser Kühlschrank ging gar nicht. Bei ihm hat er statt zu kühlen, geheizt. An diesem Abend gab es noch das grosse Problem, die fünf zusätzlichen Gäste unterzubringen. Irgendwie haben wir das auch noch geschafft. Am Ende des Tages war ich so fertig, dass mich nichts mehr erschüttern konnte.

Wasser

Unser Dorf hatte kein eigenes Wasser. Wir bauten deshalb in unserem Nachbarort ein grosses Wasserreservoir. Als Gegenleistung war daran die Verpflichtung geknüpft, dass sie uns Wasser liefern müssen. Das sah dann so aus, dass wir nur das bekamen, was sie uns übrig liessen. Unsere Beregner liefen manchmal ganz spärlich und so war auch die Ernte. Sehr oft standen wir unter der Dusche eingeseift, das Wasser blieb weg. Das war eine grosse Kalamität.

Ein guter Freund aus Deutschland, der in einem Kibbutz lebte, kam uns einmal über das Wochenende besuchen. Er war so glücklich, dass wir ein gefliesstes Badezimmer mit einer Badewanne hatten. Im Kibbutz gab es doch nur Duschen. Zu dieser Zeit gab es sogar nur Gemeinschaftsduschen. Es war Sommer, wir sammelten noch ein bisschen Holz und Ephraim heizte sich den Badeofen an. Hochrot steckte er plötzlich den Kopf aus dem Badezimmerfenster. Nun hatte er zwar eine Badewanne voller kochendem Wasser aus dem Badeofen, aber leider kein kaltes, um es zu mischen. Bis heute ist mir eigentlich nicht klar, warum er in diesem heissen Badezimmer ausharrte, bis das Wasser abgekühlt war und nicht zu uns auf die Terrasse gekommen ist. Wir haben draussen gelacht. Er sagte: „nach Jahren wollte ich einmal richtig baden…"

Anfang der 50er Jahre, Felix war schon führend im Dorf, sagte er, dass geht nicht so weiter. Wir müssen einen eigenen Brunnen bohren. Das war eine sehr kostspielige Angelegenheit. Man brauchte dazu einen Wasseringenieur und einen Stab technisches Personal. Die Bohrungen gingen schon sehr, sehr tief. Aber es war immer noch kein Wasser gefunden. Felix hatte das ganz eigenverantwortlich entschieden und das Risiko auf seine Kappe genommen. Er bekam einen Nervenzusammenbruch. Doch nach ca. 1000 Metern kam endlich wunderbares Wasser, das sich auch sehr gut zum Trinken eignete. Felix war erleichtert, dass sein Experiment geglückt war. Seine Ideen waren immer progressiv für das Dorf.

Die Devise meines Lebens

Wir hatten hier im Dorf sehr gute Freunde. Heute lebt nur noch, so wie ich, die Frau, meine Freundin Rosel. Ihr Mann hatte einen älteren Bruder, der seit 1933 in Deutschland wegen seiner sozialistischen Gesinnung im Zuchthaus sass. Nach sechs langen Jahren sollte er endlich freikommen. Der Zeitpunkt kam und wir alle dachten: nun kommt ein Mensch, gezeichnet von der Haft in nazideutschen Zuchthäusern. Er war Doktor der Musik. Wir waren ebenso wie unsere Freunde aufgeregt und fragten uns, wie wird er wohl aussehen, wie wird es ihn gezeichnet haben. Es kam ein lebenslustiger, wunderbarer Mann, der kaum von dem sprach, was er durchgemacht hatte. Du hattest das Gefühl, er könne jeden Tag die Welt umarmen. Ich war damals 20 Jahre und er war viel älter als ich. Eines abends sass ich mit ihm allein auf der Terrasse und erlaubte mir, ihn etwas zu fragen. „Entschuldige, dass ich Dich jetzt vielleicht etwas Indiskretes frage. Wie konntest Du sechs Jahre dass alles ertragen?" Er hat nie viel erzählt, nur dass sie die Konzentrationsläger mit aufbauen mussten und dass ein grosser Teil seiner Kameraden das nicht überlebte. Er sagte:"Frag ruhig, ich werde dir auch antworten: Ich habe gelernt, mich an den winzigsten Dingen des Lebens zu freuen. Machten wir in einem Gefängnishof unsere Runde und ich sah einen kleinen Grashalm wachsen, hat es mich erfreut. Habe ich einen Vogel gesehen, der flog, hat es mich erfreut. Mussten wir beim Bauen uns die Ziegel zuwerfen, habe ich mich am Flug der Ziegel gefreut. Kurz gesagt, ich habe gelernt, mich an den kleinsten Dingen des Lebens zu freuen. Das hat mir Kraft gegeben. Für mich als damals Zwanzigjährige war es ausserordentlich beeindruckend, dass man so etwas überhaupt durchhalten kann. Und seit dem ist es auch meine Devise geworden, dass man alles ertragen kann, wenn man nicht verlernt, sich an den kleinsten Dingen des Lebens zu erfreuen. Dieses Lebensrezept habe ich schon vielen Menschen weitergegeben. Mit diesem wunderbaren Mann haben Felix, sein Bruder und seine Schwester sehr oft Hausmusik gemacht. Felix hat Klavier gespielt, er hat Viola gespielt, sein Bruder Peter Geige und seine Schwester, die auch mit ihrer Familie im Land war, war Altistin. Er ging in einen Kibbutz, gründete eine Familie, bekam mit seiner Frau vier Kinder. Sein Sohn ist Musiker geworden und eine seiner Töchter Musiklehrerin. Leider wurde er nicht sehr alt. Wir alle haben seinen frühen Tod sehr bedauert.

Pfannkuchen – Manfreds Ankunft

Arbeitswillige Hände haben wir immer gebraucht. Meine Cousine, Chawa, die in Kiriat Bialik als Schneiderin arbeitete, kam immer wenn sie irgend Zeit hatte, um uns zu helfen. Wir hatten wieder so viel gearbeitet. Es war September und brütend heiss. Ich hatte die Schnapsidee, Berliner Pfannkuchen zu backen. In heissem Öl. Viel Ahnung hatte ich nicht. Von einem Hefeteig hatte ich schon gehört, wohl auch gefragt. Aber dass man nur wenig Margarine dazu nimmt, wusste ich nicht. Viel hilft viel, nach diesem Motto habe ich richtig gut Margarine dazu gegeben. Der Hefeteig stieg und stieg und stieg. Im heissen Öl zerfloss die Masse dann. Pfannkuchen waren so wohl nicht zu machen. Dann kam ein Telefonat. Es sprach sich immer herum, wenn illegale Schiffe angekommen sind. Der Anruf kam aus Ramat Haschawim, zehn Kilometer entfernt. Es war ein Dorf deutscher Juden, die man die Eierjekkes nannte. Sie hatten Hühnerställe und haben im gesamten Land den Eierverkauf organisiert. Dort hatte man die Leute untergebracht, die in der Nacht illegal mit dem Schiff gekommen waren. Auf diesem Schiff war Manfred, ein ganz geliebter Freund, der mit uns in Beuthen im Beth Chaluz war. Er war ins Land gekommen und ich sollte ihn abholen. Das war eine wunderbare Nachricht. Und eine gute Gelegenheit, mich vom Hefeteig zu verabschieden. In dieser Zeit gab es bei den Engländern oft Ausgangssperren wegen der ständigen Unruhen. Männer durften nach sieben Uhr abends nicht mehr auf der Strasse sein. Deshalb fuhr ich.

Vom Nachbar borgte ich mir einen Eselwagen, mehr ein flaches Brett auf zwei Rädern. Darauf stand ich, piekte den alten ergrauten Esel mit dem Stock in den Hintern, um ihn zum Laufen zu bewegen. Mit diesem Tier bis Ramat Haschawim zu gelangen, einfach war das nicht. Der Weg war sehr einsam. Schliesslich bin ich doch noch angekommen. Die Freude war riesig. Ich bin dann gemeinsam mit Manfred wieder zurückgefahren. Unterwegs fiel mir wieder der Hefeteig ein. Was war wohl daraus geworden? Meine Cousine war gescheit. Schon als Kind nach Palästina gekommen, hatte sie bei ihrer Mutter viel gelernt. Sie hatte sich einen Wundertopf geborgt und aus der Masse mindestens fünf Hefekuchen mit Marmelade gebacken, die aufgereiht auf dem Bücherregal standen. Ich war glücklich, dass Manfred da war, aber auch, dass der Kuchen gerettet war.

Die Ankunft Felix Schwester – Die Abreise meiner Eltern

Seit Kriegsbeginn war die Verständigung mit Deutschland sehr schwierig. Man konnte schon keine normalen Briefe mehr nach Deutschland senden oder von Deutschland erhalten. Es gab damals Rote-Kreuz-Briefe. Diese Briefe gingen über die Schweiz. Nur ganz wenige Worte durfte man in diesen offenen Brief schreiben. Derselbe Brief kam mit einer ebenso knappen Antwort zurück. In dieser Art haben wir in der letzte Zeit, in der meine Eltern, meine Schwiegereltern und Felix Schwester noch in Deutschland waren, korrespondiert. Die Nachrichten kamen sehr spärlich. In unserem Dorf gab es nur ein Telefon im Büro. Im Herbst 1939 hatte jemand dort Bescheid gesagt, dass Felix Schwester mit den Kindern in Haifa angekommen ist und wir sie abholen möchten. Es ist nicht zu sagen, wie froh wir waren. Die Nachbarin bekam die Schlüssel für die Hühnerställe. Sie wollte füttern und vorsorgen, dass wir am nächsten Tag zu essen hätten. Wir haben uns umgezogen und auf den Weg nach Haifa gemacht. Felix Schwester war dort bei einem Cousin unseres Schwagers, der Arzt war und am Karmel wohnte. Alles war umständlich, mehrfach sind wir umgestiegen und erst gegen Abend sind wir angekommen. Wir waren sehr gerührt, als wir uns wiedersahen. So glücklich waren wir, dass Felix Schwester und ihre beiden Kinder im Land und in Sicherheit waren. Ihren Mann hatte ich schon erwähnt. Er war aufgrund eines Zertifikates aus Buchenwald entlassen und konnte nach England. Er hatte die Aussicht, später nach Palästina nachzukommen. Bei den Verwandten gab es keinen Platz für drei Personen. Noch am gleichen Abend haben wir uns alle auf den Weg nach Kiriat Bialik zu Tante Frieda und Onkel Ernst gemacht. Das war ein ganzes Stück. Völlig unangemeldet standen wir zu fünft spät am Abend bei ihnen vor der Tür. Mit solch grosser Herzlichkeit sind wir empfangen worden und haben alle ein Bett für die Nacht bekommen. Das wieder Menschen aus Deutschland kamen, war für meine Verwandten eine Freude. Am nächsten Tag fuhren wir nach Sde Warburg. Sie blieben einige Monate bei uns, bis sie selbst ein Haus gebaut hatten. Unser Schwager kam nach einigen Wochen aus England zu seiner Familie.

Im November erhielten wir eine kurze Nachricht von meinen Eltern, dass sie ihre illegale Reise über Wien gestartet hätten. Wir erwarteten, dass sie sehr schnell bei uns sein würden. Aber sehr lange hörten wir nichts von ihnen. Es war Winter und wir waren in grosser Sorge. Erst im Februar bekamen wir einen Brief. Die Eltern waren schon zwei Wochen im Land.

Entnommen aus dem Buch: *Wir sind die Letzten. Fragt uns aus;* Gespräche mit den Emigranten der dreissiger Jahre in Israel; Anne Betten; Miryam Du-nour (Hrsg.). Unter Mitarb. von Kristine Hecker.– 3., verb. Aufl. – Gerlingen: Bleicher 1996, ISBN 3-88350-037-2

Seite 168 ff – Interwiev mit Ruth Tauber
Allein schon das Gefühl, sie sind im Land!

Eines Tages hat ein Autobuschauffeur von >Egged< der Schwester meiner Mutter, die am Karmel lebte, einen Zettel gebracht. Eine kurze Notiz, aus der ging hervor, dass die Eltern wahrscheinlich da sind. Und wir bekamen eine Brief mit der Post, als die Eltern schon zwei Wochen in Atlit interniert waren, denn das Schiff ist von den Engländern gekapert worden. Also, wir waren einerseits ganz selig, dass die Eltern rausgekommen sind, und andererseits habe ich zu meinem Mann gesagt: >>Um Gottes willen, zwei Wochen sind sie schon im Land und müssen denken, wir woll'n sie nicht! << Sie hatten uns geschrieben, sie hätten nur ein Gepäckstück. Jeder hat nur eines haben dürfen, und das eine hat man ihnen noch gestohlen. Sie waren also auch ohne Sachen. So habe ich alles mögliche zusammenge-packt, es war ja Winter. Von der Zahnbürste angefangen, habe ich alles gekauft, obwohl wir selber gar kein Geld hatten. Und ich bin mit einem Koffer nach Atlit. Das war damals eine Weltreise, heute kommt man schneller nach Europa! Ich bin auf einem Lastwagen getrampt, denn die Fahrt konnte ich mir nicht leisten. Man konnte nicht direkt an das Lager ran, und es war von den Engländern rundum bewacht. Meine Eltern hatten mir die Barackennummer geschrieben. Ich bin am Zaun entlang gelaufen und sah drinnen ein paar junge Burschen. Ich hab' laut den Namen meines Vaters und die Barackennummer gerufen und habe gesehen, dass man mich verstanden hat. Einer ist weggegangen, meine Nachricht wurde weitergege-ben. Wie ich dann zum Tor kam und noch mit den Polizisten verhandelt hab' , seh' ich auf einmal von der einen Seite meine Mutteer kommen und von der anderen Seite meinen Vater. Ich hatte sie zwei Jahre nicht gesehen, das war für mich damals – ich war gerade 20 – wahnsinnig lange. Und ich habe dagestanden und habe so geweint! Sie haben mir gewinkt, zu ihnen konnte ich nicht, es war vielleicht 60 Meter entfernt. Aber ich habe sie gesehen, und allein schon das Gefühl, sie sind im Land! Sie waren viel schlanker geworden, aber das war nicht so schlimm. Jetzt wollte ich ihnen so gern den Koffer geben, doch man hat mir gesagt: das gibt es nicht, das muss durchsucht werden und so weiter. Also, ich habe meine ganze Überredungskunst angewandt, und dann hat mir ein jüdischer Hilfspolizist versprochen: also, den Koffer werden sie bekommen!

Mein Vater hat folgenden Reisebericht im Lager Athlid geschrieben:

Reisebericht

Erfahrungen meiner Auswanderung   *März 1940*
Nachdem meine Ausreise durch Verwandte im Ausland (Devisenzahlung) sichergestellt war, wurde ich d.a.f.UE.Tr.W. zur Abreise aufgefordert. Am 01.12. erfolgte dann die Reise über Wien. Marschweg zuerst nach Bratislava mit der Bahn. Dort wurden wir, ca. 67 Personen in der stillgelegten Patronenfabrik schlecht und recht drei Tage untergebracht. Die Verpflegung war durch ein jüdisches Comitee gesichert. Der Aufenthalt war primitiv, aber erträglich. Am 03.12.1939, an einem Sonntag übersiedelten wir, durch Autobusse befördert, von Klinka-Gardisten begleitet, auf den Donau-Dampfer „Grein". Dort kamen 33 Personen dazu, so dass wir 100 Personen den Schiffsraum einnahmen. Dieser Aufenthalt war in den ersten 14 Tagen für uns geplagten Emigranten aus Deutschland eine Erholung. Die verabfolgten Eintopfgerichte waren von guter Qualität und reichlich.

Doch meldete sich nach acht Tagen Stillstand im Hafen von Bratislava. Die Ungeduld und wir bestürmten den Kapitän mit Fragen, warum es nicht weiter geht? Angeblich wäre der Seedampfer im Hafen von Sulina noch nicht verfügbar.

Nach 14tägigem Aufenthalt sollte unsere Erwartung in Erfüllung gehen, nachdem noch ein weiterer Wiener Transport von 126 Personen, an Bord genommen wurden. Die Zusammensetzung dieser Gruppe war im Sinne des Alijagedanken denkbar schlecht. 70 Prozent dieser Menschen war überaltert – 55 bis 72 Jahre. Schwache kranke Frauen darunter. So begann für die übrigen Reiseteilnehmer manche Einschränkung in Bezug auf die bisher gehabte Bequemlichkeit. Den Alten wurden die besten Plätze (Kabinen) eingeräumt, die Übrigen mussten zum grössten Teil als Schlafplatz den Fussboden benützen. – Nachdem man in Deutschland zur Alija nur Menschen im Vollbesitz der Arbeitskraft zulässt und das Alter in Ausnahmefällen auf höchsten 50 Jahre begrenzt hat, wenn die Erhaltung im Zielland durch Angehörige gesichert erscheint!

Unwillkürlich habe ich an die im Mutterland zurückgelassenen Verwandten und Freunde gedacht, die dem dort angelegten Massstab nicht entsprechen konnten.

In Wien hat man sich primär vom kapitalistischen Gesichtspunkt leiten lassen und sich die Verfrachtung nach Erez entsprechend dem Alter bezahlen lassen.

Von den Petenten im Altreich verlangt man die Passagespesen in Edelvaluta. Früher Pfunde, jetzt Dollars. Wogegen man die Wiener Glaubensbrüder in Reichsmark zahlen lässt. Vorweg kann gesagt werden, dass auf dem illegalen Wege das Kontingent der Auswanderer aus dem Altreich, leider sehr hinter denen der Donau liegenden Ländern zurückbleibt. Dafür ist die Qualität der reichsdeutschen Alija unvergleichlich besser, da zumeist Jugend dem Lande zugeführt wird. Es ist an dieser Stelle verfrüht schon zu sagen, ob zur illegalen Auswanderung der Älteren und Alten zu raten ist, ohne alle Erfahrungen, auf dem von mir mitgemachten Transport, aufgezählt zu haben.

Am 15.12.39 in der Frühe, fuhr die „Greim" mit 226 Auswanderern beiderlei Geschlechts, auch Kinder in Richtung Budapest, der nächsten Station ab. Dort sind nochmals 330 Personen, Ungarn und Polen, darunter ca. 50 kleine Kinder zugestiegen, obwohl das Schiff maximal für 300 Menschen Platz bot. Die nun entstandene Überfüllung des Dampfers brachte viele Unbequemlichkeiten und durch das Nichtverstehen mit den Ungarn, viel Streit mit sich. Ein weiterer Anlass zu Raufereien, bot das aus Ungarn bestehende Kontingent des Betar. Diese sich militärisch gebärende und kommandierende Truppe in Braunhemden (al. Nazis) war für uns, aus dem

Reich kommenden Chawerim, das rote Tuch, so dass die fortwährenden Zusammenstösse, den schon schwierig gewordenen Aufenthalt auf dem Schiff, manchmal lästig werden liess. Doch immer unser Ziel vor Augen, bissen wir die Zähne aufeinander um durchzuhalten. Schliesslich waren wir auf keiner Vergnügungsreise. Es sollte sich weiter erweisen, dass wir noch manches Opfer im Ausharren und Durchhalten bringen mussten! – Das Winterwetter war noch erträglich, der Dampfer noch gut geheizt, so dass die 8tägige Reise bis Sulina unterbrochen durch Aufenthalte in den Durchfahrtsländern, ganz interessant und in guter Stimmung verlief. Unterwegs sind wir in Jugoslawien und Bulgarien mit Äpfeln und Zigaretten, gespendet von den jüdischen Gemeinden am Hafenort, bedacht worden.

Über das „Eiserne Tor" näherten wir uns Rumänien, dem Land wo unsere Schwierigkeiten begannen. Man erschwerte uns erstmals behördlicherseits die Durchfahrt und liess uns drei Tage in Rustschuck warten. Endlich ging es doch weiter und wir erreichten am späten Abend des 25. Dezember mit Spannung Sulina, den Hafen am Schwarzen Meer. Dort erwartete uns eine grosse Entäuschung, die uns in den folgenden Tagen gewahr werden sollte.

Dort bzw. in Sulina erwarten uns ein eiserner Schleppkahn mit Prager Emigranten und solchen aus dem Protektorat Czechoslowakei 530 an der Zahl. Diese bedauernswerten Brüder und Schwestern lagen auf diesem Kahn „Spirula" bereits seit dem 27.11. Also bereits ca. 4 Wochen, unter den entsetzlichsten sanitären Verhältnissen, zusammengefercht wie Heringe. Bei der nun einsetzenden Kälte steigern sich diese Qualen ins Unermessliche. Das zu beschreiben, bin ich in diesem Aufsatz nicht imstande. Dazu wird die Chronik über illegale Transporte einen ausführlichen Beitrag liefern. Bemerken möchte ich, dass es kaum möglich ist, wiederzugeben, was die armen Menschen dort durchgemacht haben. – Nun zurück zu unserer „Grein"! Man hat uns bei der Abfahrt von Wien versichert, dass bei unserer Ankunft in Sulina, der Seedampfer bereits warten wird. Der Seedampfer hat tatsächlich gewartet, aber die Übersiedlung war nicht möglich. Es stellte sich heraus, dass die Transportunternehmer (Dr. Perl und Genossen, mehr Ganoven) die geldlichen Verpflichtungen dem Reeder gegenüber nicht einhalten konnten. Von Tag zu Tag wurde uns klarer, dass wir einem

Schwindelunternehmen, eben der Perlgruppe zum Opfer gefallen sind. Noch ein 3. Transport, bereits übergesiedelt auf den Seedampfer, lag in Stärke von 900 Personen in Sulina. Also zirka 2000 Personen teilten dasselbe Schicksal und waren auf Gedeih und Verderben einem Rumänischen Winter, der Temperaturen bis 32 minus aufbrachte, ausgesetzt. –

Nachdem die Transportleitung, nach 8tägigem Aufenthalt in Sulina einsah, dass nur Selbsthilfe uns aus unserer unhaltbaren Situation befreien könnte. – Die Lage auf unserem Schiff wurde von Tag zu Tag unerträglicher. Erstmal entstanden Schäden an der Heizung. Durch die unerträgliche Kälte, Beschädigungen an Fenstern und Türen. Dann Einschränkung der Heizungskessel um Kohle zu sparen. Es kam soweit, dass 14 Tage lang Heizung und Beleuchtung vollständig eingestellt wurden, da keine Kohle mehr vorhanden war, bzw. dem Schiff nicht mehr zugänglich war, da angeblich die Reederei keine Geldüberweisung nach Rumänien vornehmen wollte.

An Bord waren infolge der Kälte, die zum Glück zeitweise erheblich nachliess, ca. 100 Darmkranke täglich. Die W.C. 6 an der Zahl, waren Tag und Nacht belagert, ein schrecklicher Zustand. Die 3 anwesenden Ärzte taten ihr Bestes, bis sie selbst dieser Darmkrankheit zum Opfer gefallen sind. Das Schlafen auf dem feuchtkalten Fussboden des ungeheizten Schiffes, hat jeden von uns umgeworfen. Unsere Alten haben viel durchgehalten. Manche alte Frau war am Ende ihrer Kräfte. Jedoch Gott hat geholfen. Alle Erwachsenen haben die Krise überstanden. 1 halbjähriges Kind ist in der Kälteperiode an Lungenentzündung gestorben.

Es muss noch gesagt werden, dass das Essen, geliefert durch den Ökonom des Schiffes auf rumänischem Boden, täglich schlechter wurde. Meistens nach Empfang über Bord ging. Krawalle mit dem Ökonom und Kapitän haben unsere Lage auch nicht verbessert.

Obwohl für unsere Verpflegung 2.50. RM von Wien aus pro Person garantiert wurde. – An den armen Juden hat jeder versucht sich zu bereichern. In Rumänien hat vom Polizisten bis hinauf über die Warenlieferanten jede mit dem Transport irgendwie in Berührung gekommene Person uns arme Menschen zu rupfen versucht.

Wir waren gezwungen, unsere mageren Börsen weiter zu erleichtern, da wir dem geschwächten Körper unbedingt etwas Fettigkeit und andere

Zubusse zuführen mussten. Weiter kauften wir uns Lichte, da die wenigen angeschafften Petroleumlampen uns im Halbdunkeln verbleiben liessen. - Die angeführten Zustände haben bei den meisten Frauen Nervenkrisen und Nervenzusammenbrüchen zur Folge gehabt und zwar bei den Frauen im mittleren Alter. – In der Zwischenzeit war die Reiseleitung nicht untätig. Sie hat an die massgebenden Welthilfsorganisationen in der Schweiz, Paris und Amsterdam, Bukarest, telegraphisch und schriftlich Hilferufe gerichtet. Die Weltpresse fing an, sich auf unseren Notschrei mit uns zu beschäftigen. Man horchte auf, Artikel in der Presse aller Länder berichteten von unserer Notlage. Hilfsorganisationen in Rumänien veranstalteten Sammlungen im ganzen Land, der Erfolg blieb nicht aus.

Es ist für mich unterwegs das beglückende Gefühl gewesen, dass jüdische Menschen sich zusammen taten, um den in Bedrängnis geratenen Glaubensgenossen Hilfe zu leisten. Wir waren nicht mehr verlassen und über 2000 Menschen atmeten auf, als bekannt wurde, dass man uns mit Lebensmitteln, Decken, Zigaretten auch zum Teil mit warmer Kleidung versorgen würde. – Letztere habe ich nie verteilen gesehen und das Abhandenkommen dieser Liebesgaben wie auch manch anderer Veruntreuungen ist bisher nicht aufgeklärt worden.

Manche Not konnte nun aber gelindert werden, die Bedürftigen konnten eine wärmende Decke erhalten. Auch eine Spende von Stalllaternen brachte etwas Licht in unser verdunkeltes Dasein. Hier möchte ich bemerken, dass unsere Reisegenossen aus dem Altreich und Österreich am schlechtesten ausgerüstet waren, um den Anforderungen eines illegalen Transportes gewachsen zu sein. Feste Schuhe oder Stiefel und strapazierfähige Arbeitskleidung sowie gute Schlafdecken, dazu Kochgeschirre, eiserne Rationen an Konserven und Dauerwurst gehörten unbedingt zur Ausrüstung. Schlafpolster aus Gummi oder Luftkissen, elektrische Laternen, eine gut gefüllte Hausapotheke dürften nicht fehlen. Mir hat manches gefehlt, weil durch die Bezugscheinpflicht und Warenknappheit in Deutschland das Wenigste zu beschaffen möglich war. –

Inzwischen hat die Reiseleitung der 3 Transporte sich zusammengetan und 2 Deligierte führten in Bukarest an Ort und Stelle wochenlang mit den Experten der „Perlaktion", den Vertretern der Hilfsorganisation, des Joint und anderen sowie dem Reeder des Seeschiffes, einem Türken Verhandlungen. Kurz, nach schwersten und zähen Verhandlungen in täglichen Sitzungen, kam man gegen Ende Januar 1940, mit dem Reeder, mit Frau Lola Bernstein und dem Joint, der die fehlenden Gelder vorzustrecken sich entschloss, zu einem neuen Vertragsabschluss, der endlich unseren Transport flott machen sollte.

Wieder vergingen einige bange Tage, verursacht dadurch, dass der Reeder sich weigerte, die verlangten Hafengebühren zu zahlen. Die Schwierigkeit wurde am letzten Januar behoben und am 1.2. 14einhalb Uhr stach das türkische Meerschiff „Sakaria" in See. Vorher Freitag den 26.1. nachts erfolgte die Übersiedlung mit einem Tenderdampfer von der „Grein" auf den Seedampfer. Die Leute von dem bereits genannten Schleppkahn „Spirula" waren bereits an Bord. Der Anblick der sich uns bei Besteigen der „Sakaria" einem alten Kohlendampfer bot, war niederschmetternd. Ein schlecht beleuchtetes Schiff, überall an Deck Kisten, Holz, Ziegelsteine, Nässe und Gestank. Ca. 1500 Passagiere waren schlecht und recht in den verschiedenen Kohlenbunkern untergebracht. Für die Leute der „Grein", war trotz vorheriger Abmachung kein Raum vorhanden, um unsere 530 Menschen unterzubringen.

Diesen Raum zu schaffen, war mir mit dem anderen Herrn der Leitung vorbehalten. Eine Aufgabe, die zu schaffen erst in Tagen gelang. Wir bauten uns Kojen 3mal übereinander. Höhe 70–75 cm. So verbrachten die beteiligten Teilnehmer in den Hundehütten die Tage und Nächte auf dem Seeschiff, mehr schlecht wie recht.

Unrat, Ratten, die Zusammenpferchung der Menschen auf dem überbesetzten Schiff, sowie das bald einsetzende Unwohlsein beeinträchtigte die Stimmung. Die unangenehmen Seiten der verschiedenen Charaktere kamen rückhaltlos zum Vorschein. Nachdem das Schiff aufs offene Meer hinaus kam, setzte sofort die Seekrankheit ein. Die Erscheinungen dieses Zustands sind für jeden Seefahrer wohlbekannt! Trotz „Vasano" waren die Auswirkungen bei manchen Passagieren sehr schlimm, obwohl das Schwarze Meer verhältnismässig ruhig war. Meine Frau und ich sind ohne „Vasano" gut über die Seefahrt hinweggekommen. Leider war die Fahrt auf dem Schwarzen Meer langweilig, zumal man nur wenigen Schiffen begegnet ist!

Am 4.2. morgens erwachten wir im türkischen Hafen Zonguldak, wo unser Schiff 3/4 Tag Kohlen fasste. Hier bot sich uns bei gutem milden Wetter ein wundervolles Panorama. Jeder atmete erleichtert auf, endlich den strengen Winter Rumäniens hinter sich zu haben. Am Abend ging es weiter in Richtung Istanbul und am 6.2. früh fuhren wir in den Bosporus ein. Zuerst verhüllte dichter Nebel jede Sicht. Nach kurzer Zeit jedoch brach die Sonne durch und bei wundervollem Frühlingswetter konnten wir an Deck die natürlichen und baulichen Schönheiten der Meerenge geniessen. Moderne Passagierdampfer und Küstenfahrzeuge belebten das blaue Wasser des Bosporus. Gleich kam Istanbul in seiner wundervollen Schönheit und den gewaltigen Ausmassen in unser Blickfeld. Für Stunden nahmen uns die neuen Eindrücke gefangen. Nach den tristen Wochen in Sulina empfand jeder die Abwechslung, die wir mit den Auge geniessen konnten. – Kaum hielt unser Schiff an, als schon Motorbote und Leichter längsseits anlegten, um uns die von türkischen Juden in Istanbul gespendeten Lebensmittel, wie Orangen, Brot, Rosinen und Haselnüsse und anderes zu überbringen. Jeder bekam 10 Orangen, das war schon ein Genuss seltener Art, nachdem wir seit Monaten jede Frischkost entbehren mussten. Wir labten uns an jeder Frucht, die wir zu essen uns entschlossen.

Am 7. Februar einem Mittwoch fuhren wir weiter durch die Dardanellen und genossen die Sicht auf dieses welthistorisch umstrittene Gebiet. Grosse Soldatenfriedhöfe, traurige Zeugen der Kämpfe des Weltkrieges um die Meerengen-Zone, dokumentierte die Bedeutung dieses türkischen Hoheitsgebiets. Unsere Stimmung hob sich merklich, fuhren wir doch dem Mittelmeer entgegen. Jetzt kam jedoch die grösste Überraschung unserer bisher unbehelligten Fahrt in türkischem Gewässer. Noch vor einigen Tagen machte die Reiseleitung auf Schwierigkeiten der Landungsmöglichkeit aufmerksam. Behandelte den Zeitpunkt der Ankunft rein problematisch; zwischen 4 Tagen und 4 Monaten, war ungefähr die Zeitbeschreibung, so dass sich eine allgemeine Niedergeschlagenheit auszubreiten drohte. Gott lob ist es schnell anders gekommen und das Ziel und die Ankunft wurde von unseren Protektoren bestimmt. Am Vormittag des 9.2., nachdem wir kurze Zeit das Ägäische Meer passierten, stellte uns plötzlich ein englisches Kriegsschiff mit Aufforderung zum Stoppen. Nach einigen

Minuten kam schon ein Prisenkommando an Bord und erklärte Schiff und Ladung für beschlagnahmt. Die Ladung war die Menschenfracht von ca. 2700 Personen. In Sulina sind polnische und rumänische Flüchtlinge, illegal zu uns aufs Schiff gekommen, so dass die genaue Zahl der Passagiere nicht feststellbar war. Die letzte Kategorie der Glaubensgenossen, besonders die Polen, war in übelstem Zustand, da sie nichts mehr als das nackte Leben gerettet haben. Sie haben rumänische Konzentrationslager in langen Wochen und Monaten kennengelernt, nachdem sie den Horden Hitlers entronnen waren. – Wir fuhren nun unter englischem Kommando in Richtung Haifa. Eine Freudenstimmung wich der pessimistischen Atmosphäre in der bestimmten Erwartung, dass nunmehr unser Leidensweg in einigen Tagen beendet sein wird und wir mit Hilfe der englischen Führung bald die Küste, des von uns so sehnsüchtig erwarteten heiligen Landes sichten würden. Diese Ansicht sollte sich auch erfüllen, doch waren wir leider nicht frei, sondern mussten erfahren, dass wir engl. Gefangene sind. – Am Dienstag den 13. 2. wurde unsere Spannung aufs Höchste gespannt, als man in grosser Entfernung einen Küstenstreifen sich am Horizont abzeichnen sah. Gegen 2 Uhr Mittag gingen wir im Hafen von Haifa bei herrlichem Sommerwetter vor Anker. Unsere Landung war von der Entscheidung der britischen Behörde abhängig, noch mussten wir warten, obwohl schon engl. Hafenpolizei an Bord tätig war. Am 14. Februar durfte die „Sakaria" an der Hafenmole anlegen. Die Landungsvorbereitungen wurden getroffen. Endlich war der grosse Augenblick da. Noch wussten wir nicht, was aus uns werden soll bzw. wohin man uns bringen wird. Am frühen Vormittag durften die Frauen in der Altersreihenfolge das Schiff verlassen. Wir Männer blieben zurück, hatten keine Orientierung, wohin die Frauen gebracht wurden. Am nächsten Tag kamen die Männer zur Ausschiffung. –

Fortsetzung Vatis Bericht aus Athlit. (Hier nicht abgedruckt)
Dort war er bis August 1940 als Gefangener.
Mutti kam nach 3 Wochen frei.

Vati sagte lakonisch, in Deutschland war ich der Jude, bei den Engländern bin ich der Deutsche, verdächtigt, fünfte Kolonne zu sein.

Mutti konnte sich schon bei uns einleben, während Vati die vielen Monate Atlith Gesundheit und Nerven kostete. Danach hat ihm unser schönes Zusammenleben mit den Eltern viel Kraft gegeben.

II. Weltkrieg

Italien war in den Krieg eingetreten. Wir waren beunruhigt, was das für uns für Folgen haben würde. Zu der Zeit musste ich zu einer Operation nach Tel Aviv. Mein Mann konnte es sich nicht leisten, einen Arbeitstag zu verlieren. So fuhr ich mit dem Bus eine Woche nach der Operation allein nach Hause. Am Nachbarort, eine Station vor Sde Warburg, hielt der Bus. Eine Freundin, rief mir zu: „Ruth, komm aus dem Bus raus! Komm raus!" Ich wusste nicht warum, stieg aber aus. Alle lagen schon auf der Erde. Also habe ich mich auch auf die Erde gelegt. Wir hörten starke Detonationen. Tel Aviv, das von uns nicht so weit entfernt ist, wurde von den Italienern bombardiert. Am nächsten Tag hörten wir, dass es Tote und Verletzte gab. Wir waren in Sorge.

Da wir an einem Nebenverdienst sehr interessiert waren, hatte ich, bevor ich Tel Aviv verliess, einem Bekannten gesagt, wenn er einmal jemanden weiss, der sich auf dem Land erholen will, wir sind bereit, ein Zimmer abzugeben. Da wusste ich noch nicht, dass jemand so schnell auf das Angebot eingehen wird. Im Sommer hatten wir keine Aufzucht. Felix und ich konnten das Aufzuchtshaus freimachen, um dort zu wohnen. So wurde im Haus ein Zimmer frei, das wir vermieten konnten. Zeitig am Morgen hielt ein Taxi, das nicht ganz bis zu uns fahren konnte, weil es keine gepflasterte Strasse sondern nur tiefen Sand gab. Ein Herr stieg aus, stellte sich vor und fragte, ob wir eventuell ein Zimmer vermieten würden. Wir willigten ein, erklärten ihm aber, dass wir erst umräumen müssen. Das störte ihn nicht, er wollte nur so schnell als möglich seine Frau und das Kind aus Tel Aviv herausbringen. Wir begannen, das Zimmer für die Familie herzurichten, borgten uns noch ein Kinderbett. Danach erst machten wir das Aufzuchtshaus für uns zurecht. Ein paar Stunden später sehe ich wieder das Taxi kommen, ich ging ihm entgegen. Und wer war das? Seine Frau war die Tochter unseres Hauswirtes in Breslau. Sie war so glücklich, dass sie nicht zu fremden Leuten gekommen ist. In Deutschland hat man sich gegrüsst, sie war viel älter als ich, aber hier ist es eine gute Freundschaft geworden. Wir waren gegenseitig sehr glücklich, dass keine fremden Leute zu uns zogen. Trotz der Ursache des Besuches verlebten wir sehr schöne Wochen miteinander und sind bis heute gute Freunde. In Sde Warburg gaben viele Siedler Zimmer für flüchtende Tel Aviver ab. Die nannten wir nicht Sommer- sondern Bombenfrischler. Sie blieben im allgemeinen sechs Wochen und kamen im selben Jahr noch einmal.

Ein anderes Erlebnis im II. Weltkrieg

Es war im November, zu Felix Geburtstag. Wir sahen plötzlich ein Flugzeug langsam auf einem unserer Böden heruntergehen. Da hier kein Flugplatz war, musste es sich um eine Notlandung handeln. Felix nahm unseren Wagen. Damals hatten wir schon ein grosses Maultier. Er fuhr mit dem Gespann bis zu dem Flugzeug, das wirklich notgelandet war, und brachte zwei Offiziere der Anders-Armee mit nach Hause. Die polnische Anders-Armee kämpfte gemeinsam mit den Engländern gegen die Deutschen. Wir bewirteten sie und behielten sie auch über Nacht. Sie waren nicht sehr dankbar und auch nicht sympathisch. Manchmal frage ich mich, wie haben wir immer wieder soviel Menschen in unserem verhältnismässig kleinem Haus aufgenommen?

Ein Siedler aus Sde Warburg, der lange in deutscher Kriegsgefangenschaft war, hatte sich mit seinem Wärter gutgestellt. Er beurlaubte ihn und so konnte er seine geschiedene christliche Frau aufsuchen. Nach Jahren der Kriegsgefangenschaft kam er wohlbehalten zur Freude aller nach Sde Warburg zurück. Besonders alle Kinder haben ihn heiss geliebt. Auch in schlechten Zeiten hat er ihnen Kaugummi und Bonbons gekauft und war für jeden Spass zu haben. Eine besondere Attraktion war es für sie, wenn er sein Gebiss herausnahm. Deshalb nannten sie ihn Harry Katschke (Ente).

In Sde Warburg gab es viele ausländische Soldaten, die auf Urlaub kamen. Oft waren es Verwandte von Siedlern, die in andere Länder ausgewandert waren. Nun kamen sie als in Israel stationierte alliierte Soldaten, auf Urlaub und wurden mit Freuden aufgenommen.

Shabbat, Chamsim und Ali

Zuerst muss ich erklären, was Chamsim ist. Chamsim ist ein Wüstenwind, der aus dem Osten kommt, sehr heiss und trocken ist. Damals hat er auch immer viel Sand mitgebracht. In den ersten Jahren waren hier nur sehr wenig Pflanzungen, die den Sand abhalten konnten. Das Haus war dann völlig eingestaubt, der Sand drang durch alle Ritzen. Es war ein Shabbat, ich durfte etwas länger schlafen. Mutti bereitete schon das Frühstück vor, Felix arbeitete schon draussen. Mutti rief, ich solle schnell kommen. Wir hatten Besuch von Ali. Unser Wächter hatte ihn uns ein paar Tage zuvor vorgestellt. Ali war ein Araber, der vorgab pro jüdisch zu sein. Wir wussten aber, dass er mit den Engländern kooperierte. Wir sollten ihn keinesfalls abweisen, sondern uns gut mit ihm stellen. Felix hatt ihn also der Form halber eingeladen, gesagt, wir freuen uns, wenn du mal kommst. Ali nahm diese Einladung für bare Münze und kam um 8.00 Uhr morgens an einem Shabbat. Er war ein sehr gutaussehender Mann, sehr gross, gut gewachsen, höchstens vierzig. Er trug eine seidene bastfarbene Djalaba und ein Tuch um den Kopf. Ich habe mich so schnell ich konnte angezogen. Damals sprach ich kaum Iwrit, Mutti gar nicht. Wir boten ihm einen Platz an unserem Shabbat-Frühstückstisch an und ich rief nach Felix. Ali frühstückte mit uns, Felix musste die Unterhaltung bestreiten. Uns lief der Schweiss von der Stirn. Air-Condition gab es noch nicht. Nur Ali schwitzte nicht. Die Unterhaltung war für mich äusserst anstrengend, Mutti sagte nur manchmal „Ken" und „Lo" – Ja und Nein. Unangemeldet kam weiterer Besuch. Aus dem nahegelegenen Kibbutz Ramat Hakowesh kam eine junge Freundin, Steffi, die sehr hübsch war. Ali war von ihr völlig hingerissen. Er fragte uns, ob er sie nicht für seinen Sohn kaufen könne. Wir erklärten ihm, dass das bei uns nicht üblich ist und dass sie Selbstbestimmungsrecht habe. Das tat ihm sehr leid. Er wollte uns aber etwas Gutes tun, nahm Bast aus seiner Tasche, legte die Füsse auf die Eckbank und befestigte den Bast an seiner grossen Zehe. Geschickt flocht er für Steffi und mich sehr hübsche Gürtel. Die Zeit tat uns leid und ging langsam vorbei. Es gab immer Dinge, die man am Shabbat erledigte. Ausserdem war Chamsim, der Sand wehte unten durch die Tür. Wir waren noch nicht darauf eingerichtet, wussten damals nicht, wie man sich davor schützen könne. Uns wurde immer heisser. Aber Ali musste unterhalten werden. Er machte auch keine Anstalten zu gehen. Auch zum Mittagessen war er noch unser Gast. Ab und zu musste Felix zu den Hühnern, sie brauchten mehr Wasser und mussten bei Chamsim beregnet werden. Glücklicherweise konnte Steffi Iwrit, so dass sie die Unterhaltung bestreiten konnte. Mutti und ich waren am Ende unserer Kräfte aber Ali ging nicht. Steffi wollte am Nachmittag nach Hause. Der Weg war weit und am Shabbat fahren keine Busse. Wie sie allein in den Kibbutz gekommen ist, weiss ich heute nicht mehr. Ali beehrte uns noch bis zum späten Nachmittag. Am Ende des Shabbats, den wir für Ruhe nötig gebraucht hätten, waren wir erschöpft wie nach einem Arbeitstag.

Unsere erste Kuh

Mit einer Anleihe haben wir unsere erste Kuh gekauft. Und wie sie dann endlich zum Kalben gekommen ist, die ganze Familie war aufgeregt, haben wir gesehen, es geht ihr nicht gut. Wir mussten den Tierarzt holen. Die Kuh hatte eine schwere Geburt und alles, was wir uns nicht geleistet haben, Kaffee und Wein, bekam die Kuh. Die Kuh hat gekalbt, konnte nicht mehr aufstehen hat die Kreuzlähme bekommen. Das hiess für uns, sie konnte nur noch geschlachtet werden. Jetzt hatten wir 22 englische Pfund Schulden für eine tote Kuh. Das war eine richtige Tragödie. Wir wussten doch nicht, wie wir das zurückzahlen sollten. Mein Vater versuchte uns zu trösten und sagte: „Kinder, was man noch mit Geld gutmachen kann, ist alles nicht so schlimm." Nur hatten wir kein Geld.

Meschek 100

Wir haben schwer gearbeitet. Anfang der vierziger Jahre haben wir uns mit drei Familien zusammengeschlossen und haben den Meschek 100 gegründet. Es war leichter mit der Arbeit, aber noch immer schwer genug. Wir hatten auch Gänse und Enten. Alles mögliche haben wir getan. Bei uns war der Kuhstall. Dort standen vier oder fünf Kühe. Der grösste Teil der

Milch wurde schon im Kuhstall verkauft. Jeder wusste, dass unsere Milch nicht gepanscht war. Ich kam auf die Idee, den Rest der Milch zu verarbeiten. So lernte ich Käse und Butter zu machen. Auch einen Dunam (1000 Quadratmeter) Spargel hatten wir angebaut. Im Frühjahr und im September musste der Spargel gestochen werden. Das war eine Knochenarbeit. Und bald hatte ich eine ganz kaputte Wirbelsäule.

Wir haben Gemüse mit dem Auto unserer Cooperative nach Tel Aviv geschickt. Es sollte dort von einer Vermarktungsgesellschaft an Kleinhändler verkauft werden. Ich kann mich erinnern, dass ich auf der Terrasse sass und mit den Staubtüchern aus der Aussteuer die Tomaten blank polierte. Die arabische Konkurrenz war gross. Sehr lukrativ waren die Geschäfte nicht. Manchmal deckten sie gerade die Frachtkosten. Um zu Bargeld zu kommen, bin ich mit schweren Taschen mit dem Bus nach Tel Aviv gefahren und habe Butter und Spargel verkauft. Manchmal habe ich auch ein Huhn mitgenommen. Das war nicht erlaubt, aber das Risiko habe ich auf mich genommen. Der Verkauf war meine Idee. Und ich hatte dann eine Menge ständiger Kunden. Aber nach ein paar Jahren wussten wir, dass unsere Arbeit nur knapp zum Leben für alle Familien reichte. Gewinn haben wir damit nicht gemacht. Deshalb lösten wir nach 10 Jahren in Freundschaft, die bis heute besteht, den Meschek 100 Anfang der Fünfziger Jahre auf. Das Einzige, was uns von der Landwirtschaft blieb, waren Schulden.

Was man beim Tomatenputzen hören konnte

Felix und ich putzten Tomaten auf der Terrasse. Mutti sass in der Diele und packte Butter. Eine unserer Hauptkundinnen kam aus einer grossen Familie, die in einer nahegelegenen Citruspflanzung wohnten. Während des Krieges lebten dort auch alle Kinder und Enkelkinder. Verständlicherweise hatten sie einen grossen Bedarf an Milchprodukten. Sie holten täglich mindestens drei Liter Milch. Die Grossmutter war zuckerkrank und ass mit grossem Appetit unseren Magerkäse. Sie kam, um Käse und Butter zu holen. Sie brauchte auch ein bisschen Abwechslung und wollte sich mit Mutti unterhalten. Meine Mutter verstand absolut kein Jiddisch. Sie erzählte ihre ganze lange Lebensgeschichte. Meine Mutter war zur Höflichkeit erzogen und fand es sehr peinlich, dass sie nichts dazu sagen konnte. An dieser oder jener Stelle sagte sie deshalb verständnisvoll „ja". Ganz offenbar hatte sie aber mit ihrer Bejahung die falschen Stellen erwischt. Ziemlich ungehalten bekam sie zur Antwort: „Wus sogt'er immer „Joa", is kimmt mer doch koa „Joa". Felix und ich dachten, wir müssten vor Lachen platzen.

Die Katze im Sack

Eine gute Freundin fragte mich einmal, warum ich keine Katzen mag. Dazu erzählte ich ihr folgende Geschichte: Wir hatten schon den Kuhstall, die Milch wurde zentrifugiert. Katzen konnten dort genügend Futter und Ruheplätze finden. Einmal war ich beim Wäscheaufhängen. Plötzlich krallte sich etwas in meine Waden, riss mir die Haut herunter und liess nicht von mir ab. Mutti kam und verscheuchte unsere Katze. Ich war ernsthaft verletzt. Felix befürchtete, die Katze könne Tollwut haben. Es gab damals genug Tollwut in der Gegend. Er holte sein Gewehr und erschoss die Katze. Damit das Tier nicht leiden müsse, schoss er genau in den Kopf. Ich wurde verbunden. Die Katze kam in einen Sack und ich musste nach Netanya zum Gesundheitsamt. Die Busverbindungen waren schlecht, zweimal musste ich mindestens umsteigen. Es war weit und umständlich. Wie man sich vorstellen kann, war es nicht sehr angenehm, mit einer toten Katze im Sack unterwegs zu sein. In Netanya musste ich mich erst erkundigen, wo das Gesundheitsamt ist. Im Gesundheitsamt erhielt ich die Auskunft, dass der Nachweis, ob die Katze Tollwut hatte, nicht mehr geführt werden könne. Tollwut ist nur im Gehirn feststellbar, aber das war durch den Kopfschuss verletzt. Ich wurde mitsamt der toten Katze nach Petah Tiqwa geschickt. Das lag in einer ganz anderen Richtung. Wieder musste ich mit verschiedenen Autobussen fahren, wieder musste ich das Gesundheitsamt suchen. Dort bin ich wenigstens die Katze losgeworden, aber ich erhielt auch eine grosse Flasche mit dem Impfstoff gegen Tollwut. Zu Hause erhielt ich dann jeden Tag eine ziemlich schmerzhafte Spritze in den Bauch. 14 an der Zahl. Seither ist mein Verhältnis zu Katzen ausserordentlich abgekühlt.

Typen

Die Arbeit war schwer und ungewohnt. Wir waren jung und etwas Spass wollten wir doch auch haben. Wir sammelten Stilblüten und machten uns über die verschiedenen Typen von Siedlern lustig.

Eine Hilfssiedlerfrau klopfte sich an den Kopf und sagte: „Bei mir tickt's!" Sie meinte damit, dass sie vor lauter Kücken schon an nichts anderes mehr denken konnte. „Die Kücken sind nicht in Ordnung." Die kranken Kücken setzte sie ins Klavier, dort wo der Filz ist, zur Erholung. Das fanden wir reichlich komisch. Heute denke ich sehr oft an sie, wenn ich Kleider mit Spaghetti-Trägern sehe. Eines Tages eilte sie zu einer Hilfssiedlerin, die vom Nähen absolut keine Ahnung hatte. Sie solle ihr sofort helfen, etwas, das sie anhatte abzustecken, denn sie wolle nach Tel Aviv fahren. Bei diesem Kleidungsstück handelte es sich um einen Unterrock. Die Chawera bestand darauf, dass man ihr die Träger ihres Unterrockes abstecke. Den Einwand, dass sie doch nicht im Unterrock nach Tel Aviv fahren könne, liess sie nicht gelten und bestand hartnäckig auf ihrem Vorhaben. Mit ihrem modischen Empfinden war sie, wie man heute weiss, ihrer Zeit weit voraus. Denn heute trägt man so etwas als Kleid.

Ein besonders komisches Paar war ein kinderloses Ehepaar aus Berlin. Sie hatte einen ausgeprägten Haarwuchs und musste sich rasieren. Heinz hatte eine lange spitze Nase und war auch sonst ein bisschen merkwürdig, aus guter Familie, aber leicht degeneriert. In Deutschland hatte er in einer Sparkasse gearbeitet. Er hatte ein sehr gutes Gedächtnis für Zahlen und Daten. Er wusste alle Geburtstage, auch Hochzeitstage. Von den Mitgliedern unseres Mescheks wusste ich natürlich auch die Geburtstage. Ich war am Hühnerstall und gab den Hühnern Wasser. Das Kind einer Siedlerin unserer Sozietät kam mit einem Blumenstrauss von einem Blumenzüchter ganz in der Nähe. Ich fragte ihn, was los sei. Ich wusste, heute hatte keiner Geburtstag. „Nein", antwortete der Junge, „meine Imma hat heute Hochzeitstag, der Heinz hat es uns gerade gesagt."

In dieser Zeit galt es, das Dorf zu verteidigen und auf Wache zu gehen. Viele Männer hatten ein Gewehr zu Hause. Heinz nicht. Darüber hat sich seine Frau mokiert: „Alle haben Gewehre, nur mein Heinz hat eine Trillerpfeife." Das war ein Ausspruch, der durch das ganze Dorf ging. Eines Nachts kamen Araber, um seinen Esel zu stehlen. Mutig trillerte Heinz auf seiner Pfeife und konnte sie wirklich verscheuchen. Mit stolz geschwellter Brust konnte seine Frau jetzt sagen: „Wozu andere Gewehre brauchen, braucht Heinz nur eine Trillerpfeife." Die Frau war ziemlich geizig. An Wochentagen gab es ein Ei, am Shabbat ein Shabbat-Ei. Das unterschied sich von den anderen nur dadurch, dass es ein wenig grösser war.

Wir hatten viele Bücher mitgebracht, zu meinem Leidwesen viel weniger Romane als geschichtliche Werke und Klassiker. Am Tage hatte ich so viel gearbeitet. Ich war nicht mehr in der Lage, am Abend noch Klassiker oder Geschichtsbücher zu lesen, obwohl ich auf diesen Gebieten viele Lücken hatte. Es gab einen Herrn, der damals mit einem Lederkoffer voller Bücher aus Kfar Sava kam. Wir nannten ihn unsere wandelnde Kultur. Zu Fuss kam er durch den Sand. Unsere Siedlung war drei Kilometer lang. Es war bewundernswert, wie er sommers wie winters mit dem schweren Lederkoffer durch den Sand stapfte. Harry Steinberg war ein sehr gutaussehender älterer Herr. Uns brachte er Romane und war unsere wandelnde Leihbücherei. Er war stolz darauf, ein Grossneffe von Heinrich Heine zu sein. Mit unheimlich viel Humor unterhielt er uns auch mit Witzen und machte auch selbst welche. Einer den ich mir merken konnte: „Was hat die kürzeste Lebensdauer?" Mutti und ich konnten natürlich nicht erraten, was es sei: Er antwortete ganz trocken: „Die Zigarre" und wir wussten nicht warum. Er erklärte uns: „Nach der Beschneidung findet sofort die Einäscherung statt." Er war durch und durch ein Herr. Nie hat er Klatschgeschichten erzählt. Nie hat er über jemanden gesprochen. Nur ein einziges mal. Es war furchtbar heiss und er ist zu einer Hilfssiedlerfrau weiter unten im Dorf gekommen. Sie war beleibt und nicht gerade sehr schön. Sie war gerade dabei, die Terrasse zu kehren und hatte eine Trägerschürze um. Unter der Trägerschürze trug sie einen Büstenhalter, aber keine Unterhosen. Darüber haben wir natürlich sehr gelacht. Es war das einzige mal, dass er etwas von jemandem anderen erzählt hat.

Das Sammelsurium an Typen war ziemlich gross. Ich muss noch eine ältere Siedlerin erwähnen. Sie arbeitete am liebsten im Freien mit der Thuria, einer schweren Hacke. Sie kam ursprünglich aus der Nähe von Berlin und war sehr wohlhabend, hatte den Lift voller schöner Sachen. Auch Matratzen und alles mögliche hatte sie mitbringen können. Aber sie gönnte sich das alles nicht. Auch ihrem einzigen Enkelkind gab sie meistens die Sachen erst, wenn sie ihm schon zu klein waren. Ihr Mann war damals schon gestorben.

Sie hatte einen Sohn, einen ehemaligen Assessor, auch etwas merkwürdig und immer unter der Fuchtel seiner Eltern. Er war auch etwas weichlich. Eines Tages hiess es, er wolle heiraten. Vor lauter Freude, doch eine Frau bekommen zu haben, sang der künftige Bräutigam: „Hannele scheli, Hannele Scheli" (Meine Hannele, Meine Hannele!). Die Hochzeit wurde vorbereitet. Es wurde eingeladen, was sehr ungewöhnlich war, denn gewöhnlich luden sie niemanden ein. Nach sehr kurzer Zeit hat er sich scheiden lassen. Mit Hannele aus frommen Haus hatte man ihm ein gefülltes Täubchen untergejubelt. Erstmalig hatten sie ein Fest ausgerichtet und dann das! Er hat nie wieder geheiratet. Später als Uri schon geboren war, da musste der Mann schon in den Vierzigern gewesen sein, kam er einmal mit dem Fahrrad. Zu Uris grossem Gaudi hat er ihm voller Stolz erklärt, er fahre noch auf seinem Fahrrad von der Bar-Mitzwa.

Als es die ersten deutschen Zeitungen gab, abonnierte diese Chawera eine deutsche Frauenzeitschrift, die ich mir einmal im Monat ausborgen durfte. Es tat mir so leid, wenn ich die alte Frau mit der schweren Thuria hacken sah. Ich empfahl ihr, sich das Haus gemütlich zu machen und sich ein wenig Ruhe zu gönnen. Ruhe und ein gutes Leben hatten bei ihr alle Hunde und Katzen. Sie ruhten träge auf Decken und Kissen und wurden sehr verwöhnt. Sich selbst gönnte sie nichts. Ein besonderes Merkmal ihres Haushalts war eine sehr eigene Arbeitsorganisation. Tagelang wusch sie nicht ab. Da sie sehr viel Geschirr hatte, dauerte es eine Zeit bis die Küche ganz voll war. Dann wurde ein Abwaschtag eingeschoben. Ebenso war es mit der Wäsche. Nach sechs Wochen wurde die Wäsche knapp, dann wurde die Thuria gegen den Waschbottich getauscht. Immer, wenn ich die Zeitschrift abholte, bat ich sie, es sich doch schön zu machen und sich etwas Ruhe zu gönnen. Immer bekam ich die gleiche Antwort. Auf die Thuria gestützt, sagte sie mit tiefer Stimme: „Später, Frau Tauber, später..." Wenn ich mit der Zeitung nach Hause kam, konnte ich es mir nicht verkneifen, die Vorgänge im Haus der Siedlerin bühnenreif nachzugestalten.

Für diese Chawera kam das „Später" leider nie. Sie hat sich nichts gegönnt und soweit ich mich erinnern kann, ist sie mit der Thuria in der Hand umgefallen. Es kann sein, dass sie noch ins Krankenhaus gekommen ist, aber es war ihr Ende.

An Typen hat es nicht gefehlt. Heute bin ich 80 Jahre alt. Und vielleicht bin ich auch eine Type.

Chanan

Ringsum gab es reichlich Kindersegen. Wir hingegen mussten sechs Jahre darauf warten und wussten lange Zeit überhaupt nicht, ob wir je welche bekommen würden. Zu unserer ganz grossen Freude wurde Chanan dann im Februar 1944 geboren. Er war ein über vier Kilo schweres Kind. Ich war nach seiner Geburt sehr krank, hatte eine Sepsis. Penicillin gab es nur für Soldaten. Deshalb konnte ich ihn auch in den ersten drei Wochen nicht versorgen. Das tat meine Mutter. Überall wurde gesagt, dass es viel gesünder sei Kinder mit Muttermilch zu nähren und so versuchte ich in dieser Zeit mein Bestes. Als Felix und ich das erstemal, Chanan war vier Wochen alt, zur Beratung zur Kinderärztin, einer Berlinerin, fuhren, sagte sie: „ Das Kind ist doch halb verhungert." Dabei hatte ich mir doch so grosse Mühe gegeben. Ich hatte Angst, dass ich das schwer errungene Kind nicht lebend wieder mit nach Hause nehmen werde. Die Poliklinik war im Nachbarort. So sind wir mit dem Eselwagen hingefahren. Nachdem Chanan dann reichlich Zukost bekommen hatte, ist er sehr schnell gediehen und zu unser aller Freude ein sehr hübsches und gescheites Kind geworden. Die ganze Familie und viele Freunde freuten sich mit ihm.

Zu Hause wurde deutsch gesprochen, denn ich konnte damals nur einige Worte Iwrit. Auch wollte ich, dass mich mein Kind versteht. So wuchs Chanan zweisprachig auf, was ihm in seinem ganzen Leben zugute gekommen ist. Er beherrscht die deutsche Sprache in Wort und Schrift, Englisch wurde für ihn dadurch auch leichter. Heute spricht er fünf Sprachen. Sieben Jahre nach Chanans Geburt kam zur grossen Freude unser Sohn Uri zur Welt. Wir hatten gute Freunde, die sechs Wochen vorher ein kleines Mädchen bekamen. Deren grosse Schwester, Tami, die anderthalb Jahr jün-

Uri und Chanan

ger war als Chanan, war seine Freundin. Die Kinder besprachen den Zuwachs an Geschwistern und Chanan machte ihr den Vorschlag, vielleicht die Geschwister zu tauschen, denn dann hätte sie einen Bruder und er hätte eine Schwester. Tami überlegte sehr stark und kam zu dem Schluss: „Chanan, das geht nicht, unsere ist schon „benitzt". Schliesslich war sie schon sechs Wochen vor Uri zur Welt gekommen. So tauschten wir nicht.

Keuchhusten

Als Chanan sieben Jahre alt war, brachte er den Keuchhusten von der Schule mit. Wir hatten damals eine grosse Keuchhustenepedemie und Uri war noch ein Baby von acht Monaten und steckte sich an. Ein viertel Jahr litt er schwer an dem Keuchhusten. In diese Zeit fiel auch unser Chanukka-Fest. Ich sollte mir endlich einen Regenmantel kaufen. Mein Vater gab mir Geld, mein Mann gab mir Geld, Mutti gab mir noch etwas extra, um für die Kinder Süssigkeiten zu kaufen. In unserem Budget, so knapp es war, waren immer Geschenke für die Kinder zu Chanukka enthalten. In unserer Gegend gab es nicht viel einzukaufen. Also wollte ich nach Tel Aviv. Während dieser Zeit fuhren wenig Autobusse, sie waren immer überfüllt und man musste mehrfach umsteigen. Immer stand man dicht gedrängt.

Als ich endlich in Tel Aviv angekommen war, musste ich feststellen, dass mein Portemonaise, in dem auch mein Haushaltgeld war und das ich vorher in die Hosentasche gesteckt hatte, verschwunden war. Nicht nur das Geld für die Geschenke und den Regenmantel, sondern auch das Haushaltgeld für die Woche war weg. Ich war völlig geschockt. Als alle Leute ausgestiegen waren, suchten der Busfahrer und ich auf dem Boden und zwischen den Sitzen. Es blieb verschwunden. Nun war ich sicher, es wurde gestohlen. Später erfuhr ich, dass man einer Dame aus dem Nachbarort die Uhr ebenfalls gestohlen hatte. Glücklicherweise hatte ich das Geld für die Süssigkeiten noch in der Handtasche und so konnte ich wenigstens nach Hause fahren. Ich habe schrecklich geweint. Das Schlimmste war, dass ich keine Chanukka-Geschenke für die Kinder und kein Haushaltgeld mehr hatte. Weinend und völlig erschüttert kam ich nach Hause. Beim Eintreten sagte ich als Erstes: „Es ist mir etwas schreckliches passiert!" Ganz erschrocken fragten meine Eltern und mein Mann, was mir denn passiert sei. Nachdem ich die ganze Geschichte erzählt hatte, fanden sie das gar nicht so schlimm. Für sie war nur wichtig, dass ich gesund zurückgekommen war.

Uri

Uri war ein gesundes, sehr lustiges aber auch sehr anstrengendes Kind. Er war auch nicht immer sehr brav. Als er drei Jahre alt war, sagte ich ihm einmal: „Heute bist Du aber wirklich ein Sonnenkind. Denn wenn Du immer so schreist und quietschst, bist Du ein Regenkind." Er schaute mich aufmerksam mit seinen grossen Augen an und antwortete: „Ima, ich bin kein Regenkind, ich bin ein Aufregenkind." Und so ist es auch geblieben. Die beiden Kinder waren sehr unterschiedlich. Während Chanan sehr einsichtig war und Erklärungen akzeptierte, ein phantastischer Schüler war und wir keine Schwierigkeiten mit ihm hatten, war Uri sehr originell aber keinesfalls einfach. Einmal waren wir bei sehr netten Leuten zum ersten Mal eingeladen. Ausdrücklich mit Kindern. Es war eine Zeit der Zwangsbewirtschaftung, als es vieles nicht gab. Sie lebten nicht von Landwirtschaft, auch nicht weit von uns und nahmen uns sehr grosszügig auf. Zum Abendessen brachte die Hausfrau zum Kartoffelsalat eine ganze Terrine mit Wiener Würstchen auf den Tisch. Das war für uns eine Rarität. Einige Würstchen waren geplatzt, wie es jeder Hausfrau passieren kann. Plötzlich sagte Uri als man ihm Würstchen anbot: „Würstchen mit Weh Weh esse ich nicht." Mir war das sehr unangenehm, aber unsere Gastgeber nahmen es mit Humor. Noch heute heissen bei ihnen und uns geplatzte Würstchen, Würstchen mit Weh Weh.

Mit fünf Jahren fasste er den Entschluss, nicht zu heiraten. Wir hatten gerade mal wieder viele Gäste. Unter ihnen war auch eine Witwe und so verkündete er laut: „Ich hab's mir überlegt, ich heirate nicht, ich bleib gleich Witwer." In der Schule war er auch nicht besonders artig und ich hatte manche Unannehmlichkeiten. Am Eingang des Shabbat hatten die Kinder eine freie Stunde, in der sie sangen und alles mögliche spielten, auch Witze erzählten. Also erzählte auch Uri einen Witz, warnte jedoch seinen Lehrer, dass dieser Witz ein wenig unanständig sei. Als der Lehrer ihn fragte, wer ihm denn unanständige Witze erzähle, antwortete er: „Meine Ima." Der Witz war eigentlich gar nicht unanständig, er hatte etwas mit AA vom Hund zu tun. Einem Schwager von mir gefiel diese Geschichte gut und er wollte noch einen viel besseren Witz erzählen. Ich bat ihn, nicht so laut zu sprechen, damit Uri es nicht höre. Denn ich wusste genau, wenn Uri den Witz hört, wird er ihn in der nächsten Woche zu Eingang des Shabbat in der Schule erzählen. Also der Witz war: Der Lehrer fragt, wie alt bin ich. Die Kinder sagten Verschiedenes. Der kleine Moritz meldet sich und sagt: Herr Lehrer sie sind vierzig. Moritz, sagt der Lehrer, wieso weisst Du das so genau? Moritz antwortet: Bei uns im Hinterhof wohnt ein Halbidiot, er ist zwanzig. Uri hat diesen Witz natürlich gehört und in der Schule zum Besten gegeben. Ich fragte, wie hat der Lehrer reagiert und Uri sagte: Er hat nichts gesagt, er hat nur noch „gelöchelt". Die Sache war so unangenehm, dass ich von da an nicht mehr zu Elternversammlungen ging und Felix musste das übernehmen.

Befreiungskrieg

Nach dem II. Weltkrieg wurde der Vorschlag gemacht, das Land zu teilen. Das wurde von den Arabern abgelehnt. Wir hätten das gern gesehen. Denn wir wollten nur Frieden. Es war doch ewig Krieg. Unser Dorf lag unmittelbar an der Grenze Jordaniens. Es sind zwei Kilometer bis Qualkilia, neben unserem Dorf war das arabisches Dorf Miski. Die Bewohner flohen im Befreiungskrieg. Hinter Ramat Hakowesch lag Tira, eine arabische Siedlung.

Die waren uns überhaupt nicht grün. Von dort sind wir immer furchtbar beschossen worden. Es gab schwere Kämpfe. Felix war auch für die Verteidigung verantwortlich und war natürlich im Einsatz. Eines Tages mussten wir mit den Kindern aus unseren Häusern raus. Die Älteren und die Frauen mit Kindern haben dann am Rande einer Pflanzung gesessen und eine Siedlerin hat den Kindern Geschichten vorgelesen. Wir sollten warten, um eventuell an einen sicheren Ort evakuiert zu werden. Chanan war drei Jahre alt. Wir haben einen grossen Angriff der Araber erwartet. Mein Vater hat gesagt: „Wir haben schon einmal alles verlassen, wir bleiben im Haus, gehen nicht weg. Wenn es uns trifft, dann trifft es uns eben." Es war ein schlimmes Gefühl, wie wir da so mit unseren Kindern und kleinen Taschen sassen. Abends kam der Befehl, dass wir in die Häuser zurückkehren konnten. Wir waren erleichtert. Die Angriffe der Araber gingen auch sofort nach der Staatsgründung am 14. Mai 1948 weiter.

In dem nahegelegenen Kibbutz Ramat Hakowesch hatten wir eine jüngere Freundin aus Breslau. Ihr Mann war zwei Jahre in Belgien und hat dort zionistische Arbeit geleistet. Dann ist er endlich ins Land gekommen. Seine Frau war mit dem ersten Kind hier allein und glücklich dass er wieder da war. Und sie bekam ein zweites Kind. Kurz nach der Geburt des Babies, in einem Kampf um Ramat Hakowesch, fiel er. Als uns die Nachricht erreichte, waren wir so erschüttert. Ich dachte, die Sonne müsse stehen bleiben. Solche Erlebnisse haben wir leider viele im Krieg gehabt; wir wussten noch nicht, dass das nicht der letzte war und wir noch viele Kriege erleben und Freunde begraben würden.

Ein ebenso schreckliches Erlebnis hatten wir in der ersten Zeit unseres Hierseins. Es gab noch keine gepflasterte Strasse. Ein Auto ist auf eine Mine gefahren und in die Luft gegangen. Dabei waren Leute, die bei Felix auf Hachschara waren. Für uns ein Schock.

Kino

Nach mehreren Jahren kam die Kultur aufs Dorf. Wir hatten schon ein Beth Ha'am, ein Volkshaus. Sonnabends hatten wir am Abend dort Kino. Ein Ehepaar, auch aus Deutschland, kam dazu mit einem kleinen Auto und einem Vorführapparat und brachte einen Film mit. Das war für uns ganz wunderbar. Am Shabbat fuhr kein Autobus nach Kfar Sava, man hätte laufen müssen und ganz selten ist man mal nach Kfar Sava zu einer Veranstaltung gekommen. Nun hatten wir schon das grosse Glück, sonnabends abend Kino zu haben. Das war in der Zeit als wir die offene Terrasse zugebaut haben, um für Chanan ein Kinderzimmer zu gewinnen. Das war unser erster Anbau. Es gab damals wenig Arbeitskräfte, weil sehr viel im Land gebaut wurde. Der Anbau musste zu einer bestimmten Zeit fertig sein, weil wir dann Ferienkinder genommen haben. Die Kosten für den Anbau mussten wieder reinkommen. Dazu sind mir zuliebe extra Bekannte, die Bauhandwerker waren, gekommen. Sie haben teilweise in der Nacht gearbeitet. Ich habe als Handlanger viel mitgearbeitet. Felix hatte Asthma. Die letzte Phase des Anbaus konnte Felix seines Asthmas wegen nicht zu Hause sein. Er war mit Chanan zu seiner Schwester gefahren. Ich habe den Beton gemischt, Eimer hinein getragen. Am nächsten Tag kam schon der Maler. In diesem Klima geht es mit dem Trocknen sehr schnell. Den Malerdreck habe ich noch beseitigt und abends bin ich ins Kino gegangen. Ich war hundemüde, denn viel geschlafen hatte ich nicht. Aber auf das Kino hätte ich nicht verzichtet. Später spielte Chanan mit seiner Grossmutter sehr gern „Herr und Frau Kino". Noch später, als Uri ungefähr drei war und wusste, wir gehen jeden Sonnabend abends ins Kino, war er sehr oft verschwunden. Felix ging nach einer Richtung, der Grossvater nach der anderen Richtung, auch ich habe ihn gesucht. Uri blieb verschwunden. Wir mussten losgehen, denn es war der Abend des Kinos. Nach langem Suchen haben wir ihn gesehen. Er sass an unserem Beth Ha'am oben in einem Fenster. Er wollte auch ins Kino und durfte doch noch nicht mitgehen. Später gab es Mittwoch nachmittags Kindervorstellung. Als Uri schon ein junger Bursche war, ich denke er war 16 Jahre alt, hatten wir schon einen eigenen Vorführapparat im Dorf. Uri verdiente sich ein Taschengeld, indem er jetzt die

Filme vorführte. Die Kinoliebe war in unserer Familie sehr gross, denn es war viele Jahre unser einziges Vergnügen. Über ulkige Sachen kann ich ganz furchtbar lachen. Wenn es meine Arbeit erlaubt hat, bin ich, wenn es irgend ging, mittwochs auch in die Kindervorstellung gegangen. Wenn ich aber nicht gehen konnte, und die Kinder mein Lachen nicht gehört hatten, waren sie der Meinung, es sei gar nicht lustig gewesen. Einmal war ich in Tel Aviv im Kino. Möglicherweise gab es einen deutschen Film. Die Cousine einer Chawera war auch da. Die Chawera sprach mich auf den Kinobesuch an. Ich fragte sie, woher sie wisse, dass ich im Kino gewesen sei. Ihre Cousine hatte zu ihr gesagt. „So lachen kann nur die Ruth Tauber".

Puppen

Felix hat schon nicht mehr auf der Wirtschaft gearbeitet. Ich hatte sehr viel Mühe, ihn zu überzeugen, mit der Landwirtschaft aufzuhören. Er hatte schwer Asthma, durch den Staub bedingt. Ich habe vorausgesehen, dass Landwirtschaft für uns keine Zukunft hat. Der Aufwand und die Mühe stand in keinem Verhältnis zum Verdienst. Wir hatten vor, noch Citrusbäume anzupflanzen und uns damit eine Altersversorgung zu schaffen. Nur ahnten wir nicht, dass sie heut kein Geschäft mehr sind. Nur unser Alter ist wahr geworden. Erst arbeitete Felix als Dorfsekretär. Dann war er stellvertretender Direktor in der mittelständigen Ansiedlungsabteilung der Jewish Agency. Später leitete er die Abteilung. Ich arbeitete noch immer im Hühnerstall.

Chanans Schulabschluss stand bevor. Es stand die Frage, das Geld für das Gymnasium aufzubringen. Ich zermarterte mir den Kopf. Wie werden wir das Schulgeld aufbringen? Ich wollte nicht, dass es Chanan so gehen würde wie uns. Felix konnte nicht studieren, ich konnte auch nicht das werden, wozu ich begabt war. Manchmal fertigte ich für Freunde kleine selbstgemachte Geschenke an, denn zu kaufen gab es nichts. Mein Zahnarzt, mit dem wir sehr befreundet waren, kaufte sich ein Auto. Als Maskottchen machte ich ihm einen Schorsteinfeger. Die Frau eines anderen Arztes, bei dem ich wegen meiner schweren Rückenschäden in Behandlung war, sah diesen Schornsteinfeger. Sie fragte mich: „Ruth, wenn wir uns ein

Auto kaufen, kriegen wir dann auch einen Kaminkehrer?" „Selbstverständlich", sagte ich. Sie meinte, ich hätte solche geschickten Hände, warum ich damit kein Geld verdiene? Oft verkauften die Drogerien auch Geschenkartikel. Sie hatte in ihrer Drogerie gefragt, ob sie vielleicht Autopuppen brauchen. Diese Drogerie suchte so etwas schon lange. Sie bat mich, ein paar Muster für diese Drogerie anzufertigen. Ich war ziemlich skeptisch und dachte: Was kann ich da schon verdienen? Aber ich fertigte fünf verschiedene Autopuppen an. In Ramat Gan sollte ich sie in dieser Drogerie abgeben. Fahrtspesen konnte ich mir nicht leisten, einen Arbeitstag wollte ich nicht opfern – so bat ich einen Siedler, der Blumen züchtete und sie mit einem kleinen Auto in Ramat Gan und Tel Aviv vertrieb, die Puppen abzugeben. Gegen Abend kam er zurück, sagte: „Du bist dumm, dass Du das nicht machst!" Ich wehrte ab, denn ich war überzeugt, es sei eine Eintagsfliege. Ehe er die Puppen in der Drogerie abgegeben hatte, hatte er sie in Tel Aviv im besten Souveniershop gezeigt. Der Chef war begeistert und hatte ihm gesagt: „Schick mir mal die Frau! So etwas suche ich schon lange." So fuhr ich hin, hatte das Glück, dass dieser Herr auch aus Breslau war. Er wollte sofort kaufen, aber ohne eine Kaufsteuermarke ging das nicht.

Ich hatte keine Ahnung wie und wo ich sie bekommen könnte, Iwrit konnte ich auch nicht. Man gab mir die Adresse. War aber in Nöten, denn Iwrit sprach ich schlecht. Danach bin ich zu Felix ins Büro gegangen. Sein Büro war ganz in der Nähe. Ich bat ihn um fünf Pfund für Material. Er hatte Bedenken. Vor allem glaubte er, dass ich nur für die Steuer arbeiten würde. Ich liess mich nicht abhalten und ging auf das Amt, wo ich die Steuermarken bekommen konnte. Zu meinem Glück sprach der Beamte gut deutsch. Ich erklärte ihm meine Absicht, Puppen zu produzieren und erwarb die nötigen Steuermarken. Er versicherte mir, dass die Produktion nicht so gross sein würde, dass ich Steuern zahlen müsse und eröffnete mir eine Akte. Die bürokratische Seite hatte ich geschafft. Dann bin ich Material kaufen gegangen. Ich habe eine ganze Kollektion verschiedener Autopuppen, genannt Maskottchen gemacht. Habe mir ein eigenes Label entworfen und machen lassen. In den besten Souveniershops in Israel verkaufte man meine Puppen. In einem Geschäft in der Ben Yehuda Strasse in Tel Aviv sprach mich eine Dame an. „Sie interessieren mich, kommen Sie in meine Wohnung, gab mir ihre Adresse." Es hat einige Zeit gedauert, bis ich davon Gebrauch gemacht habe. Sie gab mir eine Adresse und sagte mir: „Fragen Sie nicht und gehen Sie auf alles ein, was man dort von Ihnen fordert." Sie war Kunstgewerblerin auf einem anderen Gebiet und wir waren später viele Jahre sehr befreundet, bis zu ihrem Tod. Ich ging zu der genannten Adresse. Hatte wieder Glück, dass die Chefin deutsch konnte. Es war die Besitzerin des ersten Duty-Free Shops des Flughafens Lot. Nachdem sie meine Puppen sah, teilte sie mir mit, dass Autopuppen für sie kein Artikel wären. „Machen Sie doch israelische Typenpuppen, die man hinstellen kann." Ich versprach ihr, nächstens Muster zu bringen. So war ich gefordert, etwas Neues zu tun, was mir gut gelang und ich konnte damit ein breiteres Feld erobern. Meine Puppen wurden im Laufe der Zeit immer grösser, waren gefragt. So stellte ich einige Frauen ein. 25 % der Puppen wurde von den Hilfen gemacht, 75 % blieb mir zu tun. Jede Puppe war handgemalt, hatte ein anderes Gesicht. Alle Feinarbeit blieb mir. Oft musste ich 14 Stunden am Tag arbeiten, um das Pensum von mir und die Vorarbeiten für die Frauen zu schaffen. Der Erfolg blieb nicht aus und meine Puppen wurden immer grösser und vielfältiger, gingen in die ganze Welt als: Dolls of Israel, Ruth Tauber.

Ruths Puppen

Mein grösster Kunde wurde unsere Regierung. Meine Puppen machten Werbung für Israel in der ganzen Welt. In all unseren Konsulaten und Touristenzentren im Ausland waren sie kleine Botschafter unseres Landes. So konnte ich nicht nur das Gymnasium sondern auch unsere Anleihen für die Citruspflanzungen mit Felix zusammen abzahlen. Unser Sohn hat Medizin studiert. Auch zu der Finanzierung konnte ich beitragen. Der grösste Auftrag war der für die amerikanische Navy. Meine Puppen sollten in all die Läden, die sie in ihren Häfen hatten. Von jedem Modell waren 56 Stück anzufertigen. Eine grosse Anzahl, meine grösste Bestellung. Das hiess, dass ich bis in die Nächte gearbeitet habe. Diesen grossen Auftrag habe ich nicht so gern angenommen. Aber ich hatte mir vorgenommen, dass Chanan nach vier Studienjahren ins Ausland muss. Es waren seine ersten längeren Ferien, in denen er die Möglichkeit hatte, wegzufahren. Wir wollten ihn auch mit genügend Geld ausstatten. Deshalb habe ich diesen Auftrag angenommen. Ich war sehr glücklich, dass er dann eine schöne Zeit im Ausland hatte. Einen Monat war er in London und hat dort in einem Krankenhaus als Student halbe Tage hospitiert. Er schrieb aus England, dass er in einem Laden meine Puppen entdeckt hat und dass es schade ist, dass ich nicht da wäre, um ihnen den richtigen Schwung zu geben. Sie waren auf dem Transport etwas verbogen worden. Durch diesen Auftrag konnten wir ihm ermöglichen, Europa zu einem grossen Teil kennenzulernen. Er hat das sehr genossen. Wir waren bis dahin noch nicht im Ausland, aber es war uns sehr wichtig, dass er die Welt sieht. Später habe ich dann auch in Paris Puppen von mir gesehen.

Etwa fünfzehn Jahre habe ich Puppen gemacht. Als beide Söhne im selben Jahr zum Militär gingen, hörte ich auf. Es war nach Vatis Tod und Mutti war schon 75 Jahre alt. So übernahm ich den Haushalt. Kochen konnte ich inzwischen schon. Nur wenn mich eine besonderer Auftrag und eine besondere Aufgabe reizte, war ich bereit, sie auszuführen.

Eines Tages, ich hatte mir gerade die linke Hand gebrochen, kam eine Dame zu mir. Sie besass ein Puppentheater und brauchte Handpuppen. Sie wollte die Geschichte von Peter Pan spielen. Irgendwer hatte ihr gesagt, wenn ihnen jemand Puppen machen kann, dann nur die Ruth Tauber. Handpuppen hatte ich schon mal für meine Kinder gemacht, aber doch

nicht in dieser Grösse. Es waren auch Tiere zu machen. Es hat mich furchtbar gereizt, wie mich immer alles Neue gereizt hat. Erst habe ich mir das Kinderbuch mit den Zeichnungen von Peter Pan besorgt, habe mir alles angeschaut. Dann habe ich mich entschlossen, den Auftrag anzunehmen. Es hat mir sehr grossen Spass gemacht, solch grosse und hübsche Puppen anzufertigen. Nana der Hund, die kleine Indianerpuppe und Tingabell nahmen Gestalt an. Aber es wurden auch Masken für die Spielerinnen benötigt, weil sie auch vor der Puppenbühne spielten. Eine war der Käpt'n Hoog. „Kein Problem" sagte ich, obwohl ich doch noch nie Masken angefertigt hatte. Also habe ich Masken gemacht.

In der ersten Zeit von Sde Warburg habe ich einmal ein Puppentheater für die Kinder des Dorfes gemacht. Zu Anfang wurde es bei Geburtstagen benutzt, ist dann aber ganz in Vergessenheit geraten und danach haben es wohl die Ratten gefressen. Später habe ich Puppen und Tiere zum Verschenken gemacht. Meine Enkelkinder haben in allen Fassons Tiere und Puppen bekommen. Meine Enkeltochter ist als kleines Mädchen mit ihrer Stoffpuppe rumgezogen. Die war dann so abgeliebt, dass es schon unästhetisch aussah. Sie wurde ab und zu doch gewaschen und zum Schluss war nur noch ein Arm von ihr übrig. Aber Yeal konnte sie nicht lassen. Das Rudiment hatte einen schrecklichen Geruch. Yeal wischte sich damit unter

Ruths Puppen

Ruths Puppen

der Nase herum und hatte schon eine kleine Wunde. Als sie einmal bei mir in den Ferien war, habe ich ihr Watte als Ersatz angeboten. Langsam konnte ich sie davon zu überzeugen, den Arm in die Mülltone zu werfen und auf Watte umzusteigen. So hat sie sich dann doch von ihrer Puppe, die wir Ungeheuer (Mewletzet) nannten, getrennt. Als mein Enkelsohn Amir, er war drei Jahre alt, zu einer Bruchoperation ins Krankenhaus musste, habe ich ihm eine grosse Puppe gemacht, die er sich als Begleiter mitnehmen konnte. Die Kinder haben die Puppen sehr geliebt und geschätzt und haben auch noch heute einige. Als Sde Warburg 50. Geburtstag hatte, wurde ich gebeten, lebensgrosse Puppen anzufertigen. Ganze Zimmer und Einrichtungen aus der ersten Zeit wurden nachgebildet. Dazu wurden lebensgrosse Puppen benötigt. Ich habe fünf Stück gemacht. Später erhielt ich davon für einen Freund, der in einem Kibbutz lebt und dort ein Schulmuseum gegründet hat, zwei Puppen. Was aus den anderen Puppen geworden ist, weiss ich nicht. Man brauchte sie im Dorf noch für verschiedene Zwecke. Aber ich bin sicher, sie sind irgendwo gelandet, wo es eigentlich schade um sie ist.

Als ich später nach Europa fuhr, habe ich meist viele selbstgemachte Geschenke mitgenommen, hatte ganz individuelle Puppen gemacht und habe damit viel Freude bereitet.

Brücken schlagen

1960 wandte sich ein Verwandter, der aus Berlin stammte, an Felix. Sein Schulfreund, der ein evangelischer Geistlicher war, habe sich an ihn gewandt, weil er glaube, es sei wichtig, dass deutsche Schulklassen Israel besuchen. Ganz speziell habe er dabei an die Oberprima eines Gymnasiums in Berlin gedacht. Er hielt es für wichtig, dass auch zukünftige Intellektuelle Kontakte zu Israel knüpfen, damit nicht noch einmal vorkommt, was in der Vergangenheit war. Dieser evangelische Pfarrer war niemals ein Nazi. Er selbst war schon zu Gast bei meinen Verwandten in Israel. Felix setzte sich mit einem nahegelegenen Kibbutz in Verbindung und verschaffte dieser Klasse dort für vier Wochen Arbeit und Unterkunft. Die Arbeit sollte durch Ausflüge im Land abgegolten werden. Bei uns waren auch einige

Besuche vorgesehen. Die Gruppe kam. Sie wurde begleitet vom Direktor der Schule, von zwei Katechetinnen, einem katholischen und dem evangelischen Geistlichen. Pastor Hassba, der evangelische Geistliche, kam zuerst zu uns. Felix zog sich mit ihm zurück. Er sagte ihm auch, dass ein grosser Teil seiner Familie umgekommen sei. Er bat ihn, sich nicht zu wundern, wenn die Gruppe hier im Dorf vielleicht nicht bei allen freundlich begrüsst werde. Es gibt in unserem Dorf Menschen, die während der Nazizeit ihre ganze Familie verloren haben. Von einem von ihnen wurden während der Shoa sogar 40 Familienmitglieder umgebracht. Pastor Hassba konnte das gut verstehen. Wir luden die Gruppe zu uns ein und Felix berichtete vom Land. Sie waren sehr oft unsere Gäste. Mit einer der Katechetinnen, die jetzt 86 Jahre alt ist, verbindet mich noch heute eine Freundschft. Mit den anderen hatten wir noch einige Zeit nach ihrer Rückkehr nach Deutschland Briefkontakt, aber nach und nach ist er eingeschlafen. Erwähnen will ich noch, dass wir auch darüber sprachen, was gelesen wurde. Chanan war damals 16 Jahre. Er hatte mehr deutsche Klassiker gelesen, als die Berliner Abiturienten.

Kriege

Kriege haben wir leider viele über uns ergehen lassen müssen. Den Befreiungskrieg habe ich schon erwähnt. Es kam der Sinai-Feldzug, den wir zwar schnell und siegreich beendeten, der uns aber kein politisches Ansehen in der Welt einbrachte. Dann kam der Sechs-Tage-Krieg. Bereits einen Monat lang hatten wir diesen Krieg befürchtet. Wir waren vorbereitet. Viele waren bereits zum Militär eingezogen. Als er dann aber ausbrach, war es doch überraschend. Ich erinnere mich, dass mein Vater vormittags aus unserem Nachbarstädtchen Kfar Sava kam und sagte: „Ich war heute schon im Bunker." Damals war er schon ziemlich krank. Er setzte sich mit dem Transistorradio auf die Terasse und ich ging zu ihm. Plötzlich flogen Jagdflugzeuge Marke Hunters mit irrsinnigem Krach im Tiefflug über uns. „Nun, es geht los" war Vatis Kommentar. Ich wollte es nicht glauben, dass wir angegriffen wurden. Ich hoffte noch immer, dass es unsere Maschinen seien. Aber es dauerte keine Minute und wir sahen die ersten Bomben auf eine grosse Fabrik in der Nähe fallen, die wohl auch wichtige militärische Dinge produzierte. Tage vorher hatte Uri, der damals 17 Jahre war, in der Nähe unseres Hauses Schutzgräben ausgehoben. Wir waren nicht davon überzeugt, ob sie uns Schutz bieten könnten. Aber es war Bestimmung. Chanan war am Ende seines Studiums, war bis nach seinem Doktorat vom Militär befreit, sollte dann als fertiger Arzt zum Militär gehen. Er hatte sich in Jerusalem noch in der Zeit der Vorbereitung an seinem militärischen Punkt gemeldet. Man sagte ihm: „Fahr nach Hause und arbeite in dem Krankenhaus in Deiner Nähe!" Viele Ärzte waren schon eingezogen. Das war das gleiche Krankenhaus in dem Chanan als Student als Sanitäter gearbeitet hatte. Angefangen als Hilfsschwester schaffte er es dort bis zur „Oberschwester". Er war dort bekannt und hat später sein Assistenzjahr auch dort absolviert. Dieses Krankenhaus ist höchstens fünf Kilometer von uns entfernt. Felix war wie jeden Montag zu Sitzungen und um Gelder zu holen bei der Jewish Agency in Jerusalem. Trotz der prekären Situation ist er morgens losgefahren. Dann hörten wir auch schon im Radio, dass der Krieg an allen Ecken und Enden des Landes losgegangen war. Ich machte mir grosse Sorgen, wie wird er zurückkommen. Mit seinem Chef ist er unter Beschuss zurückgefahren. Zuvor war er in der Jewish Agency im Bunker und alle hatten ihm gesagt: „wie konntet ihr nur heute kommen!" Nachmittags gegen drei erhielt ich den Anruf, dass er seinen Chef bereits nach Hause gebracht hatte und nun selbst auch käme. Es war nicht mehr allzu weit bis zu uns. Ich hatte inzwischen auf Befehl angefangen, unsere Fenster zu verdunkeln. Das war kein kleines Unterfangen, denn ich hatte sehr viele Fenster. Es war auch schon die Anweisung ergangen, dass Frauen mit Kindern im damals einzigen Bunker, der am Kindergarten gelegen war, sich am Abend einzufinden hatten. Das betraf auch ältere, kranke Menschen. Darunter fielen auch meine Eltern. Als es dunkel wurde, schoss es schon von allen Seiten. Chanan kam nach 24 Stunden ununterbrochenem Dienst nach Hause und erzählte, dass die Bomben, die auf die Fabrik geworfen wurden, die ersten Toten und Verwundeten gefordert hatten.

Wir sollten in den Schutzgraben, was uns absolut nicht behagte. In diesem Graben haben wir es nicht ausgehalten. Wir haben uns oben einen Stuhl hingestellt. Alles war taghell durch Leuchtraketen. Man konnte die

Kugeln pfeifen hören, auch wenn wir nicht direkt getroffen wurden. Sehr angenehm war das nicht. Chanan war todmüde. Er und ich beschlossen ins Haus zu gehen, komme, was da kommen mag. Als wir im Haus waren meinten wir die Kugeln würden über uns einschlagen. Wir hatten Glück, nur ein grosser Baum ist neben dem Haus getroffen worden. Obwohl wir nicht schlafen konnten, haben wir wenigstens unsere müden Körper ausgeruht. Felix war immer im Einsatz und nicht zu Haus. Gegen 5.00 Uhr holte Uri meine Eltern aus dem Bunker, da mein Vater sich dort nicht gut fühlte. Sie konnten es dort einfach nicht mehr aushalten. Später läutete ich im Bunker an, dass alle zu mir zum Frühstück kommen können. In schwierigen Situationen habe ich mir schon immer Arbeiten gesucht, um mich abzulenken. Zu Mittag kochte ich für alle. Die Elektrizität war ausgefallen und alle Vorräte aus dem Gefrier- und Kühlschrank mussten schnellstens verbraucht werden, sollten sie nicht schlecht werden. Für alle, die im Bunker waren, war es eine Erleichterung, da sie nicht nach Hause gehen konnten um zu kochen. Zu unserem Glück ist dieser Krieg zwar schnell vorbeigegangen, auch er hat viele Opfer gefordert. In jedem Krieg waren Bekannte vom Tod betroffen, wir waren sehr dankbar, dass die nähere Familie verschont blieb. Nach dem Krieg haben wir erfahren, dass von unseren Feinden bereits tiefe Gräben für unsere Leichen gegraben worden waren und die Absicht bestand, die Juden ins Meer zu treiben. Zum Glück kam es nicht dazu.

Nach dem Sechs-Tage-Krieg war Chanan fertiger Arzt mit Doktorat. 1969 starb mein Vater, Chanan begann seine Militärzeit, zunächst in einem Ausbildungslager. Da er seine Ausbildung als Arzt abgeschlossen hatte, bekam er einen Offiziersrang. Anschliessend wurde er am Suez-Kanal während des Verschleisskrieges, ein Jahr als Arzt stationiert, danach für ein Jahr im Sinai. Chanan war der einzige Arzt, der dort zwei Jahre diente. Während dieser Zeit erkannte er die Notwendigkeit und entschloss sich dazu, orthopädischer Chirurg zu werden. Während Chanans Facharztausbildung hatte er das grosse Glück, in dem Krankenhaus in dem er arbeitete, eine junge Kinderärztin, die dort ebenfalls zum Facharzt ausgebildet wurde, kennen und lieben zu lernen. Das ist unsere sehr, sehr geliebte Schwiegertochter Tsiwia, die für mich die beste Tochter geworden ist. Uri ging direkt vom Gymnasium zum Militär.

Israel lebte nach dem Sechs-Tage-Krieg in einer Euphorie. Man wiegte sich in Sicherheit. Man reiste in die ehemaligen arabischen Gebiete, lernte viel kennen, war glücklich, dass sich das Land vergrössert hatte. Doch leider blieb Frieden ein Wunschtraum. 1973 begann der Jom Kippur Krieg an unserem höchsten Feiertag. Viele Menschen waren in den Synagogen oder zu Hause. Es war ein Überraschungsangriff, wir waren an diesem Tage nicht auf einen Krieg vorbereitet. Alles wurde mobilisiert. Natürlich auch unsere Söhne. Wir hatten gehofft, er würde nicht so lange dauern. Unsere Hoffnung erfüllte sich nicht. Er dauerte länger. Die Anzahl der in diesem Krieg Gefallenen war gross.

Felix war schon nicht mehr aktiv. Er hatte freiwillig die Aufgabe übernommen, Nachrichten an Eltern zu überbringen. Ich konnte nicht mehr schlafen und sass bis tief in die Nacht mit einem Radio am Telefon, einen Sack mit alter Wolle neben mir, aus der ich einen Wandteppich knüpfte. Manchmal bekam man von irgendjemanden eine Nachricht, einen Gruss von den Jungs. Wir hörten zehn Tage und zehn Nächte nichts von unseren Kindern.

Chanan war dann noch länger in Ägypten stationiert. Eines Tages war auch Uri dort eingesetzt. Uri fuhr in einem Jeep, vor ihm fuhr eine Ambulanz. Plötzlich sah er, dass sein Bruder in dieser Ambulanz sass. Er überholte den Krankenwagen und brachte ihn zum Stehen. Jetzt erkannte Chanan seinen Bruder ebenfalls. Beide stiegen aus den Autos und es war eine rührende Wiedersehensszene mitten in Ägypten.

Es liegt mir nicht, die Zeit noch weiter zu beschreiben, denn es war ein trauriges Kapitel in unserem Leben. Wir waren dankbar, dass unsere Söhne unversehrt nach Hause kamen.

Auch eine Brücke

Im Dorf hatten wir einen israelischen Araber, der sich um Citruspflanzungen kümmerte und sie mit dem Traktor bearbeitete. Er war angestellt von einer Pflanzergesellschaft, in deren Vorstand Felix war. Einmal kam er zu Felix, erzählte ihm, dass er seit frühester Kindheit verlobt sei, seine Braut aber in Jordanien lebe. Nun, da er im heiratsfähigen Alter sei, würde er sie gern nach Israel kommen lassen. Er fragte Felix, ob er vielleicht dabei helfen könne. Da Felix auch im Landrat war, versprach er ihm, was nur möglich sei, zu tun. Felix versuchte, etwas zu erreichen. Aber die Mühlen mahlten langsam. Inzwischen brach der Sechs-Tage-Krieg aus, der glücklicherweise nur kurz war. In deren Ergebnis war es israelischen Staatsbürgern, also auch dem Araber Issar, möglich geworden, den bis dahin jordanischen Teil Jerusalems zu besuchen. Der Felsendom, die Aksa-Moschee und die Westmauer (Klagemauer) wurden erstmals für die Moslems und Juden Israels zugängig. Issar hatte diese Möglichkeit am darauf folgenden Freitag, dem Feiertag der Moslems, sofort genutzt, um in die Omar-Moschee (Felsendom) zu fahren. Seine Braut und deren Mutter hatten den gleichen Gedanken. Ohne es verabredet zu haben, trafen sie sich dort. Der Kontakt war schnell hergestellt. Bald gab es eine Hochzeit. Wir alle freuten uns sehr mit ihm. Gern hätte er einige Sde Warburger zu dieser Hochzeit eingeladen. Aber er hatte Bedenken. In seinem Dorf wurde nur arabisch gesprochen und er befürchtete, dass die Sde Warburger sich dort nicht wohlfühlen könnten. Deshalb beschlossen einige Freundinnen aus Sde Warburg, ihm in unserem Dorf eine zweite Hochzeitsfeier in unserem Beth Ha'am (Volkshaus) auszurichten. Wir taten das mit grosser Liebe, backten Kuchen und bereiteten dem Hochzeitspaar ein gelungenes Fest. Ausser seiner Frau kamen sein Bruder und seine Schwägerin um mit ihnen zu feiern. Seine Braut war Lehrerin. Sie konnte überhaupt nicht fassen, was israelische Frauen für sie getan hatten. Bei ihnen hatte man gesagt, dass wir Teufel seien. Inzwischen ist die Familie sehr gewachsen. Er ist schon pensioniert. Aber er war noch jahrelang dankbar für die Freundschaft, die wir ihm entgegenbrachten.

Feste feiern

Früher haben wir Feste auf bescheidene aber schöne Art gefeiert. Felix dichtete etwas Nettes, die Bewirtung war bescheiden. Aber Geburtstage, spezielle Hochzeitstage und auch Hochzeiten waren trotz aller Bescheidenheit wichtige Höhepunkte. Bei unseren Feiern stand die Pflege der guten menschlichen Beziehungen im Vordergrund. Durch Gedichte, kleine Vorführungen und selbst verfasste Liedtexte brachten die Gäste die persönliche Wertschätzung der Jubilare zum Ausdruck. Es scheint mir, dass es heute anders ist. Hochzeiten werden nur noch in grossen Säalen gefeiert, einer möchte den anderen übertrumpfen. Alles kostet sehr viel Geld. Die materielle Seite ist zum Wesentlichen geworden. Die jungen Paare erwarten keine persönlichen Geschenke, vielmehr, dass man einen (möglichst hohen) Scheck in einen Kasten wirft, der bereits neben dem Eingang steht. Es wird erwartet, dass die Geldgeschenke die Rechnung der Party decken. In meinen Augen ist es ein Merkmal von Verarmung, dass persönliche Beziehungen zwischen den Menschen durch Geld ersetzt werden.

Das Gästebuch

Pedantische Ordnung liegt mir nicht. Aber von Zeit zu Zeit ist es doch erforderlich, Ordnung zu machen. Mir geht es dann aber so, dass ich etwas finde, was mich fasziniert und aus ist es mit meinen langweiligen Ordnungsplänen. So kam mir nach langer Zeit wieder einmal unser Gästebuch in die Hände. Es ist längst vollgeschrieben. Ein neues Gästebuch wurde nicht angelegt, aus Platzmangel. Bestimmt hätten wir schon einige Bände in unseren ohnehin schon überfüllten Bücherregalen. Da ich heute ausnahmsweise allein im Haus bin und hoffe, einige Stunden nicht gestört zu werden, blättere ich in den vollgeschriebenen Seiten. Wie viele Menschen und Erinnerungen, die sich damit verknüpfen, erscheinen vor mir. Es begann schon in den ersten Tagen, als wir unser kleines Zweieinhalb-Zimmerhaus im Sommer 1938, in dem von uns mitbegründeten Dorf im Sharon, damals noch Palästina, bezogen. Mein Mann und ich gehörten zu den ersten Siedlern. Wir waren ein viertel Jahr in unserer neuen Heimat, beide noch sehr jung. Er 23 $\frac{1}{2}$ und ich 18 $\frac{1}{2}$ Jahre, als wir einwanderten.

An Gästen hat es uns nie gefehlt. Ein besonders lieber Gast war unsere Tante Else, die älteste Schwester meiner Mutter. Sie war damals in den Sechzigern und nicht sehr gross, verwitwet und kinderlos. Wenn sie kam, brachte sie meist unsere Schränke und Schubladen in Ordnung. Dazu reichte unsere Zeit einfach nicht. Einmal im Winter ging sie mit Uri am späten Nachmittag, es war schon dunkel, durch unser Dorf spazieren. Uri hatte die Angewohnheit, sich bei ihr einzuhaken. Er zeigte ihr unseren kleinen Lebensmittelladen und wo das Beth Ha'am sei. Dann gingen sie auch am Kindergarten vorbei. Stolz erklärte er ihr, „das ist der Kindergarten, in den ich gehe." Sie bat ihn: „Zeig ihn mir doch mal am Tage! Dann kann ich mir alles genau anschauen." Sofort hakte er sich aus. Stellte sich neben sie und sagte: „Tante Else, Du bist doch eine alte Frau. Ist es nicht genug, wenn ich mit Dir im Dunkeln spazieren gehe?" Sie konnte sich des Lachens nicht erwehren und hat es uns, nachdem sie zurückgekommen waren, gleich berichtet. Beim Abendessen sagte Uri ganz unvermittelt, zu unser aller Entsetzen: „Tante Else, wer bezahlt eigentlich mal Deine Beerdigung?" Meine Eltern, Felix und ich sassen wie versteinert. Wir dachten, wir müssten vor Scham versinken. Niemals hatten wir über dergleichen gesprochen. Tante Else war schlagfertig und antwortete ihm: „Sorg Dich nicht, Uri – ich habe schon alles geregelt."

Immer wenn unsere Kinder Schulferien hatten, waren auch die Kinder meiner Schwester oder eine Cousine bei uns. Ganz besonders will ich Gidon erwähnen. Gidon war etwas jünger als Uri. Die beiden hatten viele gleiche Interessen und spielten wunderbar zusammen. Nach 14 Tagen sollte er nach Hause zurückfahren. Ich packte ihm seinen Koffer, fand darin seine Zahnbürste unbenutzt. „Gidon, was bist Du für ein Ferkel, 14 Tage hast Du Dir keine Zähne geputzt?" Er entgegnete: „Aber Tante Ruth, ich habe doch die von Uri benutzt." Das hat mich gewiss nicht beruhigt.

Sein Bruder Ilan war auch ein lieber Gast für uns. Später, als er schon bei der Marine war, kam er immer, wenn er irgend in der Nähe war, bei uns vorbei. Die Uniform der Matrosen hat furchtbar viele Knöpfe. Daran kann ich mich deshalb so gut erinnern, weil es jedesmal so viele Knöpfe nachzunähen gab. Viele Jahre hatte er Rasierzeug und Zahnbürste bei uns stationiert. Als er heiratete, gab ich ihm das zurück. Im Laufe der Jahre wurden die Besuche seltener.

Chanan brachte auch Freunde ins Haus. Es waren wenige, aber sehr ausgesucht. Chanan und Uri gingen beide im gleichen Jahr zum Militär. Chanan als fertiger Arzt, Uri einige Monate später, direkt vom Gymnasium aus. Uri hatte eine Menge Freunde beim Militär. Über viele Jahre brachte er eine ganze Anzahl davon mit zu Shabbat zum Mittagessen. Dann erkrankte ich schwer und sie kamen nur noch nachmittags zum Kaffee. Vor kurzer Zeit habe ich sie zu Uris Hochzeitsparty fast alle wiedergesehen. Jeder konnte sich noch an die Shabbatot erinnern und auch ich habe jeden einzelnen wiedererkannt. Allen war gut im Gedächtnis geblieben, dass ich immer gesagt hatte: „Wenn ich gewusst hätte, dass so viele von Euch kommen würden, hätte ich mich anders vorbereitet." Rückblickend bestätigten sie mir nochmal, dass auch ohne Vorbereitung immer alle satt geworden sind.

Eine ganz grosse Anzahl Gäste kam aus Europa. Felix war 14 Jahre Member of the Citrus Marketing Board. Das war ein Ehrenamt. In dieser Vermarktungsgesellschaft waren viele Pflanzungsgesellschaften integriert. In der Zeit als Citrus noch sehr gut zu vermarkten war, – heute ist das leider nicht mehr der Fall –, wurden vom Citrus Marketing Board für eine Woche Grossabnehmer nach Israel eingeladen. Oftmals waren das die Vertreter grosser Handelsketten. In dieser Woche wurde ehrenamtlich ein Fachtag von Felix bestritten. Er erläuterte die Arbeitsgänge von der Anpflanzung bis zur Verschiffung der Citrusfrüchte. Seine Muttersprache Deutsch kam ihm dabei sehr zu Gute, denn er war fast der Einzige im Board, der die Sprache gut beherrschte. Eine Gruppe umfasste meistens 28–30 Personen. Eines Tages sagte jemand aus solch einer Gruppe zu Felix: „Herr Tauber wir würden zu gern wissen, wie sie leben." – „Nichts einfacher als das, sagte mein Mann, „kommen sie morgen Nachmittag zum Kaffee zu uns." Felix kam ziemlich spät nach Hause. Ich weiss noch ganz genau, es war in der ersten Zeit als es in Israel Fernsehen gab, es war 21.30 Uhr. Ich sass mit meiner Mutter vor dem Fernseher. So nebenbei teilte Felix mir mit, dass wir morgen 30 Kaffeegäste haben würden. Was sollte ich sagen? Ich bin aufgestanden und habe angefangen Kuchen zu backen. Damals hatte ich nur ein kleines elektrisches Rührgerät, also noch viel Handarbeit. Das Haus war schon durch einige Anbauten wesentlich grösser. In drei Zimmern wurden die Tische gedeckt. Die Kuchen wurden als kleine Petit four in Manschetten verarbeitet, um Geschirr zu sparen. Denn einen Geschirrspüler hatte ich auch noch nicht. Alle Gäste waren Kaufleute mit grossen Supermärkten. Der Kuchen hat ihnen wunderbar geschmeckt und sie fragten mich, woher ich ihn beziehe. Sie konnten nicht verstehen, dass ich für dreissig Leute selbst gebacken hatte. Es hat sich dann so eingebürgert, dass die Kaffeetafel bei Taubers ins Wochenprogramm aufgenommen wurde.

Wir waren sowohl bei den Begrüssungsabenden als auch bei den Abschiedsabenden ständige Gäste, denn aufgrund der deutschen Sprache konnten wir uns mit den Gästen unterhalten. Im Laufe der Jahre besuchten uns viele Hunderte Leute. Es ist nur natürlich, dass daraus einige gute Freundschaften entstanden sind, die bis heute erhalten geblieben sind.

Unsere Gäste kamen aus allen möglichen Schichten. Manchmal waren es sehr liebe aber einfache Leute, oft waren es aber auch geistig sehr hochstehende Menschen. Wir standen auf dem Standpunkt, dass es für die Erziehung von Kindern sehr wichtig ist, bereits im Elternhaus mit den verschiedensten Menschen in Berührung zu kommen. Rückblickend glaube ich, wir müssen wohl ein Gummihaus gehabt haben, denn es ist heute nicht mehr zu zählen, wieviele Menschen wir beherbergt haben. Es wurde uns nie langweilig. Ausgleichend zu unserer schweren Arbeit hatten wir auch immer gute und interessante Gespräche.

Schlussgedanken

Ich bin am Ende meiner Tage. Mit 80 Jahren kann man schon nicht mehr grosse Erwartungen haben. Was dann noch kommt, ist geschenkt. Mein tiefster und innigster Wunsch ist: Frieden für unser kleines umstrittenes Land; dass sich meine Kinder und Enkelkinder nicht nur nach Frieden sehnen, sondern dass er sich auch verwirklichen möge. Wir hofften, dass wir die letzte Generation sein würden, die Kriege erleiden musste. Aber auch unsere Kinder blieben davon nicht verschont. Auch meine Enkel leisten aktiven Militärdienst. Und noch immer ist die Gefahr nicht gebannt. Mein grösster Wunsch ist der nach Frieden und dass niemand einer nachfolgenden Generation jemals aus diesem Land auswandern muss.

Ruth und Felix